간호사라서 고맙다

간호사라서 고맙다

초 판 1쇄 2022년 01월 26일

지은이 박민지
펴낸이 류종렬

펴낸곳 미다스북스
총괄실장 명상완
책임편집 이다경
책임진행 김가영, 신은서, 임종익, 박유진

등록 2001년 3월 21일 제2001-000040호
주소 서울시 마포구 양화로 133 서교타워 711호
전화 02) 322-7802~3
팩스 02) 6007-1845
블로그 http://blog.naver.com/midasbooks
전자주소 midasbooks@hanmail.net
페이스북 https://www.facebook.com/midasbooks425

© 박민지, 미다스북스 2022, *Printed in Korea*.

ISBN 978-89-6637-327-7 03810

값 **15,000원**

간호사를 선택한
당신에게
꼭 전하고 싶은 말

간호사라서
고맙다

박민지 지음

"간호사의 인생을 사랑을 담아 응원합니다!"

미다스북스

간호사의 삶을 살아가시는 분들께 이 책을 바칩니다

누구나 한 번쯤은 이런 생각을 합니다. 힘든 시기는 시간이 잘 안 간다고 말입니다. 하지만 대학병원 신규 간호사 생활은 사실 아주 빨리 지나갔습니다. 힘들었던 시간보다는 다른 표현으로 기록하고자 합니다. 인생 경험을 위하여 몸과 마음을 다해 공들인 시간이라고 말입니다.

20대의 청춘은 저에게 방황의 시간이었습니다. "나는 누구인가?", "나는 무슨 일을 하면서 살아야 하나?", "신은 어디에 있을까?"라는 고민을 가장 많이 했습니다.

성격 테스트 MBTI의 유형 중 INFJ답게 철학적인 사유를 하는 것을 좋아합니다. 고민은 아직도 현재 진행형입니다. 삶의 고민의 크기를 줄이고 행동하는 사람이 되어야겠다고 생각했습니다. 경제적으로 독립된 사회인이 되기 위해 간호사가 되었습니다.

간호사의 현실은 고단하지만 우리는 그 현실을 극복하고 있습니다. 하지만 개인의 의지와 더불어 간호사에게 좋은 근무 환경이 필요합니다. 간호사의 이직율과 사직률을 낮추기 위해서 지속 가능한 지지 체계가 마련되어야 한다고 생각합니다.

이 책이 나오기까지 가장 감사한 분들께 인사를 드립니다. 사랑하는 엄마, 아빠께 감사합니다. 제가 어떤 선택을 하든 반대하시지 않고 든든히 곁을 지켜주셨습니다. 세상에서 제일 사랑합니다. 나의 소울메이트인 쌍둥이 언니. 언니가 있었기에 용기를 잃지 않았어. 언니와 쌍둥이로 태어난 것에 감사해. 가장 고맙고 사랑해! 사랑하는 친척분들께도 깊은 감사와 사랑을 보냅니다. 쌍둥이를 키워주신 은혜를 결코 잊지 않겠습니다.

마지막으로 저의 인생 명언을 소개하고자합니다. 『자기만의 방』을 쓴

버지니아 울프의 말입니다.

"서두를 필요는 없다. 반짝일 필요도 없다. 자기 자신 이외에는 아무도 될 필요가 없다"는 말입니다.

그저 자신이 되면 되는 것이라고 생각합니다.

간호사를 꿈꾸는 분들과, 그리고 사람을 살리는 현장에서 간호사의 삶을 살아가시는 분들께 이 책을 바칩니다.

✚ 2장

신규 간호사, 너의 하루는 어때

✚ 5장

현실에 안주하지 않고 꿈꾸는 간호사로 살고 싶다

✚ 1장

우당탕 문과생의 간호학과 편승기

간호사를
선택한

당신에게
꼭 전하고 싶은 말

영문과 졸업생 간호학과에 편입하다

"문송합니다."

뉴스에서 사상 최악의 취업률이라는 목소리를 쏟아내면서 문과생들이 자조적으로 하는 말이다. 이 말의 뜻은 '문과라서 죄송합니다.'라는 의미이다. 대한민국의 치열한 경쟁 사회에서 문과생들이 취업의 문을 뚫는 것은 쉬운 일이 아니다. 실력과 운을 겸비한 팔방미인이 아니고서야 통과하지 못하는 그런 비좁은 문이다. 나 역시 '문송합니다'를 연발하는 수많은 문과생 중 한 명이었다.

영어영문학과를 전공하여 영어 하나로 먹고살아보려고, 어떻게 해서든 영어를 나만의 강점으로 삼고자 했지만 세상에 날고 기는 사람들이 정말 많다는 것을 깨달았다. 영문과 졸업생이 간호학과에 편입한 이유를 이제 아셨으리라 생각한다. 정말 취업을 하고 싶은데 잘 되지 않기 때문이다. 정확히 말하면 누구나 가는 그런 일반적인 회사가 아닌 내가 가고 싶은 높은 곳, 사람들이 좋다고 말하는 좋은 회사에 입사하는 것이 잘 되지 않았다. '취업'의 문턱에서 죽느냐, 사느냐 그것은 나의 20대의 최대 고민거리였다.

취업의 문을 뚫기 위해선 기술을 가져야 한다는 말은 참 식상하지만 정말 맞는 말이다. 사회에서 특정 분야에서 기능적이고 기술적인 직업의 수요는 줄어들지 않기 때문이다. 가족들 중에 의료인이 계셨다. 그렇기에 의료인이 되어 전문적인 기술을 갖는다면 더 없이 좋은 일이 아닐까 하는 생각이 자연스럽게 마음 가운데 자리하고 있었다.

간호학과를 선택하기까지 나의 삶은 어떠했을까? 나의 20대는 어떠했는지 돌아본다. 나는 대한민국의 여느 평범한 가정에서 자랐고 내면을 돌아보는 것을 좋아하는 아이였다. 학생으로서 주어진 일이 공부이기에 그 안에서 벗어나지 않으며 나만의 반짝이는 꿈을 간직하고 있는 대학생이었다.

고등학교 졸업 성적에 맞추어 지방 국립대 영문과에 진학하였고 장밋빛 캠퍼스 라이프와 설레는 연애를 꿈꾸었다. 하지만 내가 꿈꾸는 것은 로망이었을 뿐 현실은 회색빛 도서관의 학습실에 앉아 있는 내 자신과 마주하는 일이 대부분이었다. 대학생이라는 신분이 바뀌었지, 학교 강의를 듣고 시험을 보고 교회를 다니며 신앙생활을 하며 지내던 일상을 그대로 살 뿐이었다. 이 당시에는 소수의 사람을 만나는 것을 좋아하는 나로서 적극적으로 많은 사람들과 교류를 하지 못했다.

나는 나의 첫 대학에서 영어영문학을 공부하며 보낸 시간은 나의 감정과 마주한 시기, 작은 우물 밖을 넘어 큰 우물로 들어간 개구리의 시기이다. 영문학과에서는 영어 실력을 충분히 쌓을 수 있어서 좋고 영어를 수단으로 문학을 공부하기에 문학인 감성을 쌓을 수 있다.

이 시기에 한 가지 뿌듯한 습관은 일기 쓰기이다. 지금 이렇게 책을 쓸수 있도록 초석을 다지면서 글쓰기를 사랑한 시간을 보냈다. 20대에 써왔던 일기장의 개수를 세어보니 열세 권이나 되었다. 한 줄, 한 줄 빼곡하게 채웠다. 온갖 트렌드를 담고 있는 귀여운 스티커를 어디서 그렇게 모았는지 별 모양, 하트 모양으로 꾸며져 있는 스티커와 함께 솔직한 표현과 함께 글을 썼다. 그리고 교회에 다니다 보니 성경 구절이나 가슴이 따뜻해지는 위로의 글, 명언, 명시 등을 필사해서 기록하는 것을 좋아했다.

일기를 쓰며 평범한 일상을 살다가 글쓰기를 더 사랑하게 만드는 운명 같은 책을 만났다. 영국 문학 강의를 듣던 중 만난 버지니아 울프의 『자기만의 방』이라는 책이다. 훗날 지금처럼 글쓰는 작가로의 삶을 예견한 초대장이지 않을까 싶다. 글이 쓰인 1920년대와 달리 지금 시대는 많이 변했고 지금의 나는 자본주의 시대에서 자유롭다. 버지니아 울프는 그렇지 않았다.

여기서 잠깐 버지니아 울프의 『자기만의 방』을 소개한다. 버지니아 울프는 "여성이 글을 쓰기 위해서 돈과 자기만의 방이 필요하다. 서두를 필요도 없다. 번뜩이는 재치가 필요 없다. 글을 쓰기 위해서 자기 자신이 아닌 그 누구도 될 필요가 없다"고 하였다. 여성의 지위가 남성보다 낮은 사회에서 여성을 위해 의식을 일깨우는 용감한 그녀는 나의 잔다르크였다. 간호사가 되기 전 의식을 일깨우는 글쓰기의 매력을 깨닫고 진정한 나를 발견하게 해준 책이다. 이 책을 통해서 간호사가 된 이후에도 나 자신이 좋아하는 것을 지속하는 내면의 힘을 기르고, 나 자신을 찾는 일을 지속하는 것을 멈추지 않았다.

책 읽기와 일기 쓰기를 좋아하는 우당탕 문과생인 나는 그렇게 자기만의 방에서 글쓰기를 사랑하며 살다가 냉혹한 현실을 마주하게 된다. 대학을 졸업할 즈음에 현실적인 깨달음 2가지가 찾아왔다.

첫째, 수동적인 공부만 하다 보니 내게는 졸업장만 있을 뿐 구체적인 성과가 없다고 느껴지는 것. 둘째, 나 스스로 즐겁게 할 수 있는 전문적인 일을 하며 돈을 벌어야겠다는 것이다. 영문학과를 졸업한 후 CGV 영화관에서 알바를 하면서 대한항공 승무원에 지원해보기도 하고, 고향에 있는 입시 학원에서 영어 강사로 약 1년 정도 근무를 하였다. 약 2년 정도 인생의 견습생 기간 동안 무엇을 하고 살아야 할지 치열하게 고민하는 시간을 보냈다.

어느 날과 다르지 않은 오후, 한 통의 전화가 걸려왔다. 서울에 사시는 고모의 전화였다. 고모와 통화를 하면서 진로를 어떻게 결정했는지 물어보셨다. 나는 이때 캐나다 유학을 가볼까 하는 막연한 계획만 머릿속에 가지고 있었다. 고모는 "민지야, 너 간호사 해볼 생각은 없니?"라고 하셨다. 간호사라는 직업에 대해 처음으로 생각해보고 결정을 하게 된 순간이었다.

다시 간호학과에 입학해서 3~4년을 보내면 내 20대는 공부만 하다가 끝나는 것이 아닌가 하는 걱정이 앞섰다. 하지만 정말 내 안에 꿈틀대는 말이 있었다. 전문적인 일로 성공하고 싶다는 것이다.

약 40년 동안 대학병원에서 간호사로 일하셨던 고모는 이미 전문가로 성공한 모습을 나에게도, 가족에게도 보여주신 분이었다. 고모라는 멋진 롤모델이 계시기에 나는 망설이지 않았다. 간호사가 되어 경제적으로 독립하고 내가 좋아하는 일을 마음껏 하는 상상을 했다. 좋아하는 글쓰기를 하면서 즐겁게 살고 싶었다. 나는 고모께 "네. 고모! 간호학과 지원해 볼게요." 하며 간호사 편입 준비를 시작했다.

"어떻게 영어영문학과 문과생에서 간호학과로 편입하게 된 거예요?"

간호학과에 편입하고 나서 만나는 사람마다 물어본 질문이다. 주어진 공부를 하다 보니, 또 꿈을 찾아서 살다 보니 지금 여기까지 오게 된 거냐고도 묻는다. 나의 대답은 '그렇다'이다. 나의 20대는 안타깝게도 생각대로 살지 않으면 사는 대로 생각하게 된 경우를 보여준다.

누군가는 대학교 강의와 과정을 수료하느라 시간을 너무 낭비한 것이 아니냐는 말도 하고 굳이 왜 또 공부를 하느냐고 말한다. 맞다. 사실 나도 그렇게 생각한다. 수동적인 학생에 불과했기 때문이다. 지나온 경험들이 어찌 보면 잘못된 선택으로 보이지만 그렇다고 해서 절망하고 있을 수는 없다. 나의 가치는 내가 매기는 것이다.

에크하르트 톨레는 시 「삶이 너에게 해답을 가져다줄 것이다」에서 이렇게 말한다. "생각으로는 문제를 풀 수 없다. 오히려 문제를 더욱 복잡하게 만들 뿐. 해답은 언제나 스스로 우리를 찾아온다. 복잡한 생각에서 한

걸음 벗어나 고요함 속에 진정으로 존재하는 바로 그 순간에 온다. 비록 찰나에 지나지 않는다 할지라도 그 순간 해답을 얻게 된다." 많은 생각을 거쳐서 결정해야 좋은 결정을 할 수 있다고 생각할 수 있지만 삶에서 짧은 순간에 행운같이 해답이 다가오기도 한다.

20대에 첫 번째 대학생, 두 번째 대학생의 경험은 지금 간호사로서 살아가고 있는 인생에서 귀한 주춧돌이다. 실패와 같이 느껴지는 경험마저도 모두 버릴 것이 없는 나의 것으로 여기고자 한다. 복잡한 생각을 벗어나 문제의 정답처럼 찾아온 간호학과로의 편입! 문학을 즐기고 소비하는 생활을 중심으로 살았던 나는 기술을 가진 전문적인 간호사가 되기 위해 새로운 도전에 주사위를 던졌다. 나는 그렇게 우당탕 문과생에서 간호사를 꿈꾸는 간호 대학생으로 두 번째 스무 살을 맞이하는 것을 선택한 것이다.

02

왜 간호사가 되고 싶나요?

나는 어릴 적 '왜'라는 질문을 좋아했다. '왜 하늘은 파랄까? 왜 학교에 가야 되는 거지? 왜 친구랑 놀고 헤어져야 하는 걸까? 사람이란 왜 존재하고 왜 태어난 거야?' 등 궁금한 것이 많은 호기심 소녀였다.

간호사가 되기로 결정한 날에는 사실 왜 간호사가 되기로 결정했는지 나 자신에게 깊이 묻지 못했다. 그저 눈앞에 펼쳐진 취업이라는 문턱을 넘기 위한 간호사라는 선택지가 펼쳐졌고 선택을 하기로 한 것이다.
간호사가 되기로 결정을 한 후 다양한 간호학과 편입 시험에 지원하여 편입 면접을 보러 다녔다. 학사 편입 전형으로 세 곳의 대학교에 지원했다. 간호학과 학사 편입은 면접만 통과하면 합격하게 되는 좋은 기회였다.

처음 지원했던 국립 대학교 간호학과 편입 면접 날, 남학생 면접 동기가 기억난다. 요즘은 간호학과에 많은 남학생들이 지원을 한다. 남학생이라서 신기하기도 하고 왠지 모르게 어떻게 간호학과에 지원하게 되었는지 묻고 싶었다. 그 친구는 자신이 큰 병에 걸린 적이 있다고 했다. 아마도 암이었던 것 같다. 어린 나이에 무서운 병마와 삶을 놓고 씨름하는 시간 동안 가장 가깝게 지낸 사람이 간호사라고 한다. 간호사가 환자의 가장 가까운 곳에서 환자의 삶을 붙잡기 위해 하는 모든 시도와 업무를 본 것이다. 그리고 환자의 마음까지 챙기는 따뜻한 손길까지. 그 친구는 결국 건강해졌고 자신도 아픈 사람들을 간호하는 간호사로 멋지게 삶을 살아가고 싶다고 말했다.

이날 만났던 나의 편입 면접 동기는 아마도 그 학교에 합격해서 지금은 멋진 간호사로 현장을 누비고 있을 것이다. 이 친구와 아주 짧은 대화를 나누었지만, 지금 기억이 남을 정도로 인상이 깊은 친구다. 몸이 아팠다면 공부도 겁이 나고 포기할 법한데 포기하지 않는 친구라는 것을 알았다. 자신의 삶을 적극적으로 헤쳐나가는 용사처럼 느껴졌다. 그 친구의 모습을 보고 면접 날 스스로 다짐했다. 나도 간호사가 되고 싶은 나만의 이유를 찾겠노라고 말이다.

다음으로는 두 번째 대학의 간호학과에 문을 두드렸다. 집과 가장 가깝고 언니가 근무하는 OO대학교 간호학과이다. 약간 상기된 얼굴로 예상 질문 노트를 들고 집을 나섰던 면접 날이 기억난다. 다시 한 번 새로운 인생의 기회를 놓치지 않을 것을 약속하면서 면접장 안으로 들어갔다.

나의 면접 첫 질문은 다음과 같았다. 첫째, '간호사는 왜 전문직입니까?'라는 질문이다. 나는 이 질문을 듣고 간호사의 전문성과 관련된 키워드를 생각했다. 면접 당시 교수로 강의를 하셨던 이모부의 조언이 떠올랐다. 논문을 꼭 찾아서 근거 있게 말을 하라는 것이었다. 그래서 다양한 논문을 찾았다. 논문을 근거로 자기소개서도 작성하고 면접도 준비했다.

특히 간호사의 전문성에 대한 논문 정의가 인상적이었다. 지속적인 지식 추구, 누적된 경험과 견고한 지식에 의한 의사결정, 담당 환자에 대한 책임감, 근거 기반 실무, 독자성, 자율성, 리더십, 동료와의 협력적 관계 등의 특성을 가진다.(조남옥(2004년), 「임상간호사의 전문성 경험」, 한국간호교육학회) 처음에는 이와 같은 논문 표현을 보고 내용이 잘 와닿지는 않았다. 하지만 핵심 키워드를 이해하려고 했다. 그리고 면접에서 운이 좋게도 전문성에 대해 물어봤고 최대한 근거 있게 답변하고자 노력했다.

나는 첫 번째 질문에 다음과 같이 답변했다. "간호사는 환자 간호, 의사 진료 보조, 보건 관리 등의 업무를 수행합니다. 간호라는 전문 지식을 바탕으로 자신의 환자에 대한 전인적인 간호와 의사결정을 합니다. 그렇기 때문에 전문성을 가진 직업이라고 생각합니다. 탁월한 간호 기술, 환자를 소중히 하는 윤리 의식도 중요합니다. 또한 동료와 협력을 이루고 책임지는 일입니다. 간호사로서 전문성을 가진 자부심을 가진 간호사가 되기 위해 열심히 공부하겠습니다."라고 답변하였다.

면접관이었던 교수님은 나의 답변에 대해 옅은 미소를 띠고 계셨다. 다시 생각해보니 면접 때 질문을 하셨던 교수님은 수업 시간에 항상 근거기반의 간호학(연구를 통해 입증된 지식을 근거로 행하는 간호)에 대한 중요성을 늘 강조하셨던 분이셨다. 그래서 논문을 근거로 말했던 점이 면접에서 괜찮은 점수를 얻은 것으로 보인다. 다행히 추가 질문 없이 다음 질문으로 넘어갔다.

다음은 '왜 간호사가 되고 싶어요?'라는 질문이다. 무엇을 시작하든지 '왜'라는 질문은 항상 무게감이 있다. 간호사가 되려는 동기와 마음가짐과 포부를 알 수 있는 질문이기 때문이다. 이 질문에 대한 나의 답변은 단순하고 소박했다. 그저 '남을 돕는 사람이 되고 싶다'였다. 대답을 들은 교수님들은 또 다른 이유가 없냐는 심심한 표정으로 나를 쳐다보았다.

아마도 내 답변은 별스럽지 않고 평범한 답변이 분명하다. 하지만 나의 마음속 깊이 '그냥 취업하려고요.'라는 진실이 베일에 감춰 있었다. 내가 간호학과를 선택한 첫 번째 이유는 취업해서 먹고살기 위해서였다. 면접용 대답으로는 뭔가 있어 보여야 할 것 같았다. 나에게 간호학과를 선택한 진실을 다 말하기는 왠지 부끄러웠다. 어찌 되었든 나는 취업을 뽀개고 싶어서 간호학과에 왔다.

대학병원 간호사 생활을 돌아보면서 간호사가 되려는 이유는 무엇이 되었든 확실해야 한다고 느꼈다. 실제 병원 업무에서 간호사는 전쟁터에 나선 군인처럼 환자를 위해 고군분투하는 사람이다. 또한, 간호 기술, 지식과 경험, 융통성으로 무장한 멀티 플레이어가 되어야 한다. 이렇게 간호사로서 자신을 단련하는 과정에서 자신만의 동기 없이는 지속하기 어렵다.

간호학과 면접을 다 마치고 후련한 마음으로 집에 돌아왔다. 초심자의 행운이 뒤따른 것일까? 감사하게도 두 번째 면접을 봤던 대학의 간호학과로부터 편입 시험 합격 통보를 받았다. 이때에는 입시 학원에서 영어 강사를 하던 중에 면접을 본 상황이었는데, 다시 학생으로 돌아가는 기분이 한편으로 기대가 되면서 한숨이 나오기도 했다. 하지만, 가족들은 다시 시작하는 나를 감사하게도 응원해주었다. 다시 대학생으로 돌아가게 되어서 마음 한가득 설렘 반, 걱정 반의 감정을 느꼈다. 삶에서 또 다시 없을 줄 알았던 학생 신분으로 돌아갔고 간호학과 캠퍼스 생활이 시작된 것이다.

'왜 간호사가 되고 싶나요?'라고 지금 다시 나에게 묻고 싶다. 나는 진정으로 답변에 어떻게 대답하고 싶을까? 정말 간호사를 선택한 나만의 이유는 무엇이 있을까? 사실 나는 이 질문에 대해서 간호사가 되고 나서야 답을 할 수 있게 되었다.

간호사를 선택하게 된 것은 우선 가족의 지원이 컸다. 내 주변의 지지 체계인 가족들의 조언으로 가장 쉽게 할 수 있었던 선택지였다. 전문성이 있으며 평생 굶어죽을 일이 없는 일로 간호사만 한 직업이 없는 이유이다. 많은 사람들은 보통 부모님이나 주변 어른들의 삶과 직업을 보고 자신의 삶을 결정하기도 한다.

하지만, "부모님이 준 인생의 세발자전거에서 내려와 나의 자전거를 굴려라."라는 말이 있다. 나는 내 인생이라는 길 위에서 나만의 탈것을 타고 운전해야 한다. 간호사가 된 이유는 내 스스로 삶을 개척하는 용기를 배우기 위함이었다. 병원이라는 사람의 생명을 다루며 생명을 살리기 위해 고군분투하는 곳에서 간호사라는 멋진 역할을 하면서 나를 발견할 수 있지 않을까 싶었다. 그동안의 나는 나 자신의 길을 내 스스로 찾고 싶은 적극성이 없다면 세상이 정하는 나로 살아가는 것을 알았다. 그리고 내 안에서 나온 열정이 아니라면 남의 동기 부여와 삶의 의미가 내 것이 될 리가 없다는 것도 말이다.

왜 간호사가 되고 싶었는지 물으신다면, 나 자신을 발견하기 위한 여정을 떠난 사람에게 그 답을 찾을 수 있는 길이 '간호학과에 있다'는 자비로운(?) 안내 덕분에 선택했다고 할 수 있다. 혹은 새로운 도전으로의 초대에 사실 가슴이 뛰었던 이유가 크다. 국립대학교 영어영문학과를 졸업하였지만 졸업한 후에 내가 원하는 전문적인 직업을 얻지 못했다는 좌절감을 극복하고 싶었다. 시행착오를 겪으면서 우리는 성장한다. 잘못된 선택으로 보이는 결정마저도 결국 버릴 것이 없는 소중한 경험이 된다는 사실이다.

멋진 의료인이 되어, 보람된 경험을 하며 마음이 두둑한 부자로 살아보리라 꿈을 꾸게 해주었다. 그리고 생명을 살리는 용기 있는 한 사람이 되고 싶은 작은 소망이 내 안에 있었기에, 그래서 간호사가 되기로 결심하게 되었다.

03

멀리 돌아왔어도 괜찮아

요즘은 젊은이 세대를 MZ세대라고 한다. 1980년대 초부터 2000년대 초까지 출생한 밀레니얼 세대와 1990년대 중반~2000년대 초반 출생한 Z세대를 통칭하는 말이다. 디지털 환경에 익숙하고, 최신 트렌드와 남과 다른 이색적인 경험을 추구하는 특징을 보인다. MZ세대는 자신이 원하는 삶을 위해서 플렉스도 주저하지 않은 세대이다. 자기가 주인공으로 살아가기 때문에 스스로 벌어서 나에게 투자하고, 결혼에 대한 의무감도 그다지 없다. 또한 일반 회사에 취업하려는 전통적인 방법 말고 자신이 좋아하고 잘하는 것을 찾아서 경제적, 사회적 자립을 하는 사람들이 많아지는 모습을 알 수 있다.

과거에는 젊은 세대를 일컫는 말로 오렌지족, X-세대라는 표현이 있었는데 MZ세대라고 용어가 바뀐 것을 보고 세월이 지나가고 있음을 새삼 느낀다. MZ세대 중 한 사람인 나는 '정말 MZ세대로 살고 있는 걸까?'라는 의문이 들었다. 최신 트렌드보다는 전통적인 사고방식(직장에 취업해야 한다, 결혼은 반드시 해야 한다, 열정페이도 중요하고 희생과 헌신을 해야 한다 등)으로 살아왔기 때문이다. 그래서 간호학과에 편입하여 공부하기 시작한 나에게 '나는 지금 어디를 향해 가고 있는 걸까?'라고 물었다.

명절이 되면 어른들은 묻는다. '공부는 잘하고 있니?', '대학은 어디로 가려고?', '취업은 했어? 뭐? 취업을 해서 얼른 독립해라!', '결혼이라도 빨리 해야지. 언제 할래, 도대체?', '나이 더 들기 전에 아기를 먼저 낳아. 준비는 잘되어가고 있니?' 라고 한다. 거의 답은 정해져 있는 질문을 하는 경우가 대부분이다. 소위 좋은 삶, 바른 길이라고 하는 그 기준에 따라 살도록 무언의 지시를 듣게 되는 것이다.

나의 20대는 이 질문에 늘 'yes.'라고 대답하기 위해서. 잘하고 있다고 대답하기 위해서 부단히 애를 쓰며 살아왔다. 결국 남의 이야기에 나를 끼워 맞추다 보니 나 자신이 없었다. 간호사를 선택한 것도 나도 취업에 성공한 당당한 딸이 되고 싶었던 이유가 정말 컸다.

하지만 인생에서 많은 이들에 길을 제시하지만 선택은 내가 하는 것이다. 나는 간호학과에 편입하여 간호사가 되는 꿈을 선택하기로 했다. 내스스로 경제적, 직업적으로 독립하며 떳떳하게 살아야겠다고 다짐했기때문이다. 나는 국립대 영어영문학과 졸업, 대한항공 승무원 취업 준비, 입시 학원 영어 강사, 공무원 시험 준비, 간호학과 편입까지. 직업을 찾아 멀리 멀리 돌아왔다.

누군가에게 20대는 다시 돌아가고 싶을 정도로 가슴이 설레는 시기로 기억된다. 하지만 나는 20대로 다시 돌아가고 싶지 않다고 느낀다. 나의 20대는 책과 씨름하고 공부밖에 알지 못하는 바보 같은 시간이었기 때문이다. 공부를 더 잘하려고 노력했던 모습이 떠오른다. 매번 책상 앞에서 멋진 미래를 상상하며 처절한 노력으로 눈물 흘렸던 시간을 많이 보냈다.

방황을 하고 있는 20대의 나에게 돌아가서 한마디라도 건넬 수 있다면 다음과 같은 말을 해주고 싶다.

'멀리 돌아와도 괜찮아. 정말. 어떤 결정을 해도 너는 안전해. 열심히 사는 너의 모습이 참 보기 좋아. 결국 너 자신을 찾는 일을 하고 있는 거니까. 많이 힘들면 재미있는 것도 많이 보고 많이 놀아줘. 그리고 너를 사랑하는 사람들 이름을 기억하고 힘을 내보는 것도 좋아. 오늘도 포기하지 않는 네가 자랑스럽다.'

나는 나 자신에게 좋은 말을 잘해주지 못했다. 나는 타인에게 좋은 말은 평생이고 해왔다. 요즘 유명한 BTS, 아이유, 트와이스 등 멋진 아이돌 스타들을 보면 이 사람들에 대한 칭찬은 쉽게 하게 된다. 대단한 부와 명예, 업적을 이룬 훌륭한 사람들을 보면 열광하고 칭찬하기도 한다. 일상적으로는 매일 보는 친구, 동료, 가족들에게는 쉽게 좋은 말과 위로, 사랑을 건넨다.

이때, '나'라는 가장 소중한 존재를 인식하는 것과 자기 사랑은 잊히기 쉽다. 나에게 가장 소중한 사람은 사실 '나'이다. 나는 나에게 열광한 적도, 깊은 사랑을 담아 듬뿍 칭찬해준 적도 없다. 편안한 인사나 가벼운 안부조차 나에게 건네지 못한 것이다.

나를 사랑하라는 말은 많은 책과 유명한 사람들의 명언에서 등장한다. 정말 나를 사랑한다는 것을 깊이 인식하고 실천하는 사람이 몇이나 될까? 그래서 나는 나를 사랑하는 표현을 어떻게 해볼까 고민을 하던 중 브레네 브라운 저자의 『마음가면』이라는 책을 만났다. 이 책에서는 마음가면을 벗고 취약성을 드러내는 순간, 수치심으로부터 자유로워진다고 말한다.

『마음가면』에서 가장 인상깊은 구절을 소개하고자 한다.

"한때 나는 내가 잘만 하면 취약하다는 느낌에서 벗어날 수 있다고 믿었다. 그래서 취약해지는 느낌을 받을 때마다 상황을 통제하려 했다. … 뭔가가 두려울 때. 시간이 흐르면서 나는 알게 됐다. 나의 가면은 너무 무거워서 계속 끌고 다니기가 힘들다는 사실을. 그 가면이 내게 해준 것이라고는 나 자신을 알지 못하게 하고 다른 사람에게 나의 진짜 모습을 알리지 못하게 한 것밖에 없었다."

"그해의 가장 달콤했던 기억 하나, … 남편 스티브가 내 눈을 보며 대답했다. 엘렌(딸)이 바보 같은 행동을 하면서 허점을 드러내는데 바로 그것 때문에 내가 저 아이를 훨씬 더 사랑한다는 게 웃기지 않아?"라고 말했다.

나의 취약성에도 불구하고 내 자신의 모습을 안아주는 사람이 되어야겠다 결심하게 해준 글이다. 그래서 나는 나의 가장 수치스러운 부분이라고 생각한 20대의 직업적인 방황의 시기에 대해서 드러내고 이 부분을 안아주는 것으로 나를 사랑한다고 표현하려고 결심했다.

사람은 누구나 자신의 실수와 어두운 모습을 감추고 없애버릴 것으로, 파괴시켜버리고 싶은 감정을 느끼기 쉽다. '자기혐오'라는 말도 결국 자신의 가장 취약하고 부끄러운 부분을 안아주지 못했기 때문에 생기게 된다. 충분히 자신이 생각하는 약점에 대해서 인정하고 부끄러운 감정을 받아들일 때 한 단계 성숙하고 강한 마음을 갖게 된다.

나의 진로 선택에서의 방황이라면 방황인 이 시간을 보내면서 나는 다음과 같은 말을 들었다.

"너만 그런 것이 아니야. 젊어 고생은 사서도 한다는 말이 있는데, 네 경험이 뭐 그렇게 대수라고? 너보다 더 힘든 환경에 있는 사람은 많아. 공부할 수 있다는 것에 감사한 줄 알아야지. 이거는 아무것도 아니야. 살아보니까 살아가면서 이것보다 더 힘든 일이 얼마나 많이 있는 줄 너는 모르는 거야. 그러니까 열심히 해."

나는 이 말을 듣고는 (나의 수동적인 성격 때문에) 그다지 토를 달지 않았다. 어른들의 말씀을 잘 새겨야 나중에 도움이 된다는 믿음 때문이었다. 그런데 어느 순간, '이제 그만'이라는 마음의 소리가 들렸다. 누군가의 조언을 듣고 경주마처럼 달리던 나는 멈추어 섰다. 그리고 정말 내 자신에게 말하며 위로의 말부터 했다.

나의 위로의 말은 다음과 같다. '잘해왔어, 민지야. 그동안 멀리 돌아왔던 발이 아프진 않았니? 이제는 내가 무엇을 좋아하는지, 내가 살고 싶

은 인생의 모습은 무엇인지 진지하게 내 자신에게 묻자. 그리고 내 마음을 안아주자.'

모든 것은 생각하기 나름이다. 부정적인 면을 바라본다면 나를 비판하며 나의 부족한 모습에 초점을 두게 된다. 하지만 그동안 내가 걸어온 길을 존중하며 긍정적으로 바라보는 것이 중요하다. 나의 꿈을 이루기 위해 살아갈 때, 어려움과 좌절을 겪을 때 나를 지키면서 멈추지 않고 나아가는 방법이기 때문이다.

나라는 사람을 사랑하는 마음으로 대한다면 내가 걸어온 길에 대해서 긍정적인 생각을 품게 된다. 생각은 행동을 낳고 행동은 습관을 낳고 습관은 운명을 결정한다. 컵에 물이 절반이 있는 상황에서 '물이 절반밖에 없네?'와 '물이 절반이나 남았네?'의 차이는 하늘과 땅 같이 완전히 다른 시각이다. 나는 운이 좋고, 결국 잘되고 있다는 자신감으로 앞으로 살아가자. 그동안 많은 진로의 길을 거쳐온 나 자신을 나의 부족한 부분마저도 사랑할 수 있는 용기로 쓰다듬어 주기로 매일 결정한다.

04

이론과 실습의 간극

이론과 실습은 보이지 않는 간극이 있다. 마치 평행선을 달리는 두 개의 선처럼 말이다. 문과, 이과를 통틀어서 이론과 실습을 잘 섞은 전공 중 하나는 보건 계열이다. 특히 간호학과에서는 이론과 실습의 간극을 메우는 것이 중요하다. 이론에서 배운 것을 실습에서 활용함으로써 말이다.

이론은 마치 백과사전처럼 한 과목과 분야에 대한 총체적인 내용이 다 들어 있다. 수업에서 교수님의 강의를 들으면서 핵심적인 사항을 폭넓게 배우게 된다. 성인간호학이라는 과목이 있다면 소화기계, 순환기계, 호흡기계 등의 신체 각 기관과 기능별로 분류되어 있다. 성인에게 발생하는 모든 질환과 그에 대한 간호 원칙을 배운다. 이론이라서 거창하게 보이지만 실제로는 가지치기할 부분이 많고 근무 현장에서 굳이 보지 않을 때가 많다. 하지만 모든 간호의 올바른 기준을 확인할 때 꼭 보는 것은 이론, 교과서에 나오는 내용이다.

내가 가장 재미있었던 분야는 성인간호학의 심장 파트였다. 마치 심장내과 간호사가 될 것처럼 공부했었다. 그만큼 제일 재미있었다. 심장은 1회에 60~80mL의 피를 온몸에 방출한다. 온몸에 산소와 영양분을 공급하는 피를 보내주는 이 심장이 너무 신비로웠다. 다양한 심장 질환 종류가 있고 그에 대한 치료, 약물, 간호도 흥미로웠다. 심장이 기능을 못 하고 멈추면 사망선고를 받게 된다. 그렇기에 아주 중요한 기관이라는 것을 배웠다. 생명의 상징인 심장에 대한 관심을 알게 했던 이론은 정말 도움이 된다. 간호사가 되기 위해 배워야 하는 지식과 기술에 대해 제시해준다. 그리고 하고 싶은 공부 분야를 발견하게 해준다.

이론에서 가장 어렵게 다가왔던 과목은 아동간호학이었다. 아동간호학에서는 아동은 작은 성인이 아니라고 하셨던 교수님의 말씀이 기억난다. 그만큼 아동에게 적용하는 간호는 성인에게 적용하는 간호의 정도를 낮게 하는 것이 아님을 알려주셨다. 아동이기 때문에 아동에 맞는 간호의 중요성을 배웠던 과목이다. 그만큼 발달 과정, 질환, 치료법 등이 다양하다. 실제로 아동은 의사소통 시 거부감 없이 다가가야 하고 간호사와 보호자와의 관계가 원만해야 치료가 잘 이루어지는 특성이 있다. 아동간호학은 국시 시험 과목을 준비할 때 가장 머릿속에 잘 들어오지 않았다. 그래서 아기엄마인 선배님에게 조언을 많이 구했던 기억이 난다. 이론도 실제 해본 사람이 더 잘한다는 것을 알게 해주었다.

이론을 공부할 때 방대한 범위에 압도당한다. 또 시험이라는 과제를 잘하기 위한 것으로 단순히 인식할 수 있다. 하지만 콩나물에 물을 주듯이 하는 공부라고 생각하고 반복에 반복을 거듭하면 결국 쉬워지기 마련이다. 내가 아는 것이 많으면 그만큼 환자에게 많은 것을 해줄 수 있다고 하신 교수님 말씀이 기억난다. 이론에서 배우는 지식은 결국 간호 현장에서 쓰이는 핵심 재료들인 셈이다.

반면, 실습은 환자에게 간호 처치를 적용하는 연습을 하는 것이다. 특히 간호학생들은 실습의 꽃인 간호 핵심 술기 20가지를 많이 연습한다. 핵심 간호 술기에는 활력 징후 측정, 근육주사, 피하주사, 정맥 수액 주입, 수혈요법, 유치도뇨, 기관 내 흡인, 심폐소생술 및 제세동기 적용 등의 술기가 있다. 병동 실습에서는 입원 환자에게 이루어지는 치료, 검사, 간호 처치가 이루어지는 과정을 보며 간접 체험을 한다.

과거에는 간호학생들도 주사를 직접 환자에게 놓는 실습이 행해졌지만 지금은 간호사의 지도 · 감독 하에서 실습 학생들끼리 서로의 팔을 내주며 정맥 라인을 잡아보는 형태로 이루어지고 있다. 기억에 남는 간호 실습 시간은 편입을 한 지 얼마 지나지 않았던 기본 간호학 실습 시간이다. 정맥에 주사 카테터를 주입하는 실습 시간이었다. 그때 주사 카테터를 연필처럼 쥐어버린 나의 자세를 보고 교수님은 "그러다가 손의 신경 부분까지 찌르게 되겠다. 너는 남아서 다시 하고 가!"라고 하셨다.

주사를 잘 놓는 간호사가 제일 좋은 간호사라는 말이 있을 정도로 주사 놓기는 간호사에게 가장 핵심적이고 기본적인 업무이다. 그런데 첫 실습에서 자세부터 영 엉망이었던 것이다. 그래서 유튜브 영상으로 어떻게 하면 정맥에 정확히 주사 카테터를 꽂을까 수없이 찾아보고 이미지 트레이닝을 해보았다. 실제 사람에게 하는 침습적인 처치는 작은 실수도 허용하지 않아야 되기 때문이다.

이론에서 배우기를 30도 각도로 주사기를 잡고 주사 바늘의 사면이 위로 가게 해서 찌르면 된다는 내용이 있다. 하지만 실제 간호 현장에서는 혈관이 보이지 않는 비만 환자, 고령으로 혈관이 약하여 잘 터지는 할머니, 자신이 원하는 부위에만 주사를 놓아달라는 환자 등 다양한 변수가 있다. 정확히 처치를 하려면 융통성이 필요하다. 교과서적인 지식도 중요한 것은 사실이다. 실제 상황에서 수행해야 하는 간호 범위 내에서 환자의 요구에 부응해서 잘 처치해주는 간호사가 훌륭한 간호사라는 생각이 들었다.

이론과 실습은 이렇게 간호학생의 학습에서 떼려야 뗄 수 없는 개념이다. 이론이 없다면 실습의 행동 근거가 무너진다. 이론적인 근거는 수행을 바르게 하도록 도와주기 때문이다. 예를 들면, 혈당 조절을 위한 인슐린 주사 부위를 교대로 선택해야 하는 경우가 있다. 그 이유는 동일 부위에 계속 주사하면 지방 비대로 인해 피부층이 단단해지기 때문이다. 이것은 약물의 흡수를 방해하기 때문에 부위를 돌아가면서 인슐린 주사를 투여해야 한다. 이렇게 이론에서 배운 근거를 간호 처치를 수행하는 과정에 적용해야 한다. 이론으로 행동의 기준을 바로 잡는 것이다.

그렇다고 해서 실습이 이론보다 중요하지 않다는 것은 결코 아니다. 실습 없는 이론은 존재 의미가 없기 때문이다. 우리는 모두 실천하기 위해서, 잘 행동하기 위해서 이론을 배우고 있다. 한 가지의 사례를 든다면 수혈의 부작용에서 고열, 오한, 홍조, 호흡 곤란, 저혈압 등의 부작용이 있다. 이 부작용에 대한 이론 지식을 잘 숙지하지 않는다면 실제 환자에게 수혈하는 과정에서 환자의 부작용을 예민하게 인지하지 못하고 환자를 잘못 케어할 수도 있는 것이다.

이론과 실습의 간극이 존재한다. 이론에만 치우치면 머리에 무거운 지식만 있을 뿐 실전에서 적용하지 못하기도 한다. 행동력에 오히려 도움이 되지 않기도 하는 것이다. 하지만 실전에만 치우치면 요란한 빈 수레와 같이, 간호 술기의 이유와 중요성을 알지 못한 채 수행하는 기계적인 간호사가 될 수밖에 없다. 그 간극을 채우기 위해서 나만의 전략이 필요하다.

이론과 실습의 간극을 메우기 위한 나의 전략은 포켓 수첩이었다. 작은 수첩 안에 나만의 실천 지침을 기록하고 언제든 꺼내서 보며 바로 행동하는 데 큰 도움이 된다. 무엇이 중요한지, 간단하면서 필수적인 간호 수행 절차, 상대방에게 제공할 간호사로서의 의사소통, 동기 부여 글 등의 내용을 적었다. 나의 가장 소중한 보물이었다.

실제 병원 실습과, 간호사로 근무 시에 사용되는 주요한 개념, 이론적 근거를 깔끔하게 요약하는 수첩을 매일 보았다. 수첩에 적은 것을 보고 빠르게 행동하기 위함이었다. 나는 수첩에 적힌 이론적 근거, 강의나 실습에서 배운 지식을 '행동지식'으로 정의 내렸다. 실습과 간호 처치에서의 나의 수행을 빠르게 하기 위한 필수 지식이라는 의미이다. 이 행동 지식 포켓 수첩을 늘 가지고 다니면서 보았다. 깔끔하게 정리하고 싶었지만 온갖 형광펜과 추가된 정리로 도배되어 너덜너덜했다. 이 수첩에는 실습 때 핵심 술기를 연습했던 나의 기록이 담겨 있다.

실제 간호사 업무를 할 때도 간호 수행에 있어서 순서, 필요한 물품, 확인해야 할 동의서나 서류, 무균적인 처치, 환자 확인 등 모든 절차에서 완벽히 숙지해야 하는 포인트를 수첩에 적었다. 이 포인트를 잘 잡고 빠르게 정리하고 숙지하는 데 도움이 많이 되었다. 실습이나 실제 간호 업무에서 날개를 달고자 한다면 수첩 하나쯤은 주머니 속에 늘 품고 있기 마련이다. 이론과 실습, 실제의 간극은 존재한다. 자신만의 방법으로 그 간극을 좁혀나가고 채워나가는 간호사가 진정 멋진 간호사이다.

✚ 05

실습 1,000시간의 무한 굴레

　간호학과의 절친은 사람 친구 대신에 진정한 절친은 따로 있다. 바로, 실습 1,000시간, 의학 용어 퀴즈, 중간고사, 기말고사, 재시험, 전공별 조별 과제, 케이스 스터디 과제, 졸업시험, 국가고시라는 친구들이다. 이 친구들 덕분에 하나도 외로울 틈이 없는 매직을 간호학과 학생이라면 몇몇은 공감할 것이다.

　특히, 간호학과에 입학하여 졸업하기 위해서는 필수 교육 과정 중 하나인 1,000시간이라는 병원 실습을 채워야 한다. 1~2학년 동안 필수교양과 필수전공을 이수한 후 간호학과 3학년부터 대학병원, 일반 종합병원으로 실습을 나가게 된다. 1,000시간은 약 40일이다. 40일은 짧게 느껴지지만 '1,000시간'이라는 숫자는 많은 날을 보내야 할 것 같은 기분으로 다가왔다. 하지만, 실습을 통해 간호사의 직업을 간접적으로 경험하는 것만큼 중요한 공부는 없다고 믿기에 열심히, 즐겁게 실습하리라는 마음가짐을 가지고 병원으로 향했다.

나의 첫 병원 실습 이야기이다. 나는 대학교 바로 옆에 직속으로 연결된 대학병원이 자리한 곳에서 학교를 다녔다. 그곳의 아동병동으로 첫 실습을 나갔다. 모든 것이 처음이었던 나는 대학병원이라는 시설, 다양한 진료과, 의사 선생님, 간호사 선생님의 일하는 현장을 처음으로 목격한 것이다. 게다가 아동병동은 아픈 아기들이 있는 곳이다 보니 보호자, 아이들과의 라포(친근감 형성)가 참 중요한 곳이었다.

나의 첫 실습의 대상자는 '가와사키'라는 질환을 진단받은 4세 여자아이였다. '가와사키'라는 질병은 생전 들어보지도 못한 병명이었다. 첫 실습인 만큼 그 질환의 정의, 원인, 치료, 진단 기준, 간호 중재 등을 열심히 조사해갔다. 하지만 교과서적인 지식은 지식에 불과했다. 실습에 참여하면서 실제로 병원에서 이루어지는 중요한 치료와 간호는 다시 새롭게 다가왔다.

간호사는 환자가 입원을 하면 환자의 정보(질병력, 과거력, 수술력, 먹는 약, 생활 습관 등)를 조사하거나 처방된 수액과 약물 투여를 준비하며, 환자를 다음 번 담당 간호사에게 인계하면서 의사소통하는 등의 업무를 수행한다.

이 과정에서 특히 대상자가 아동이기에 보호자와의 치료적인 관계가 원활하고 친근한 관계성이 이루어져야 간호 처치도 수월하게 진행되는 점을 많이 느꼈다. 막상 대상 환아와 대화를 나누고 싶었는데 용기가 나질 않았다. 아프니까 내가 하는 이야기가 혹시 불편을 줄지 모른다는 걱정도 한편으로 들었다. 하지만, 병원 휴게실에서 보호자인 엄마와 창문밖을 바라보는 순간에 곁에 다가갈 수 있었다. 나는 별다른 말은 하지 않고 옆에 가서 함께 웃으며 인사를 했다.

"안녕? 반가워."라고 첫 인사를 건넸다. 하지만, 아프기에 별다른 반응이 없었다. 그래서 뽀로로 이야기를 하면서 "언니는 루피를 좋아하는데 너는 누구를 좋아해?"라고 말했다. 많은 대화를 나누지는 못했지만 나는 아프지 않고 얼른 퇴원했으면 좋겠다는 위로의 말을 전하는 게 전부였다. 두 손에는 질환에 대한 간호 방법과 생활 습관에 대해서 설명할 자료를 들고 갔지만, 그 순간은 그냥 평범하게 그 아이를 대하는 것이 오히려 더 좋은 대화였다.

나는 아동병동 실습을 가기 전 아동병동에서 어떤 일이 일어나는지 알기 위해 MBC 〈휴먼 다큐 사랑〉 프로그램의 유튜브 영상을 보았다. 〈엄마, 미안〉의 이야기를 들려준 서연이라는 아이였다. 병명을 알지 못하는 출혈로 수십 번의 수술과 수혈을 받으며 치료받는 아이였다. 이 아이는 자신이 너무 아파서, 엄마를 힘들게 한다는 것을 알고 있었다. 그래서 엄마에게 "엄마, 미안."이라고 말할 정도로 아픈 아이였다.

아픈 아이를 바라보는 엄마의 마음이 어땠을까? 눈물, 아픔과 안타까움, 전전긍긍하는 마음, 희망을 저버리지 않는 인내까지, 모든 것이 느껴졌다. 아픈 아이를 바라보는 보호자의 마음은 대신 아파주고 싶다는 마음이었다. 엄마의 절규와 아이를 살리고 싶은 희망이 뒤섞여 있었다.

서연이 이야기를 보고, 또 병원 실습을 하면서 느낀 것은 간호사로서 나중에 내가 환자에게 해줄 수 있도록 열심히 공부해야겠다는 점이었다. 많이 알아서 도움을 줄 수 있는 똑똑한 간호사가 되어야겠다는 다짐을 하게 해주었다.

나의 첫 실습은 새로운 질환을 배워서 신기하면서, 처음으로 나의 대상자와 대화를 나눈 좋은 경험이었다. 그리고, 간호사로서의 해줄 것이 많은 간호사가 되야겠다는 마음가짐을 새기는 시간이었다.

아동병동 이외에도 내과계 중환자실, 외과계 중환자실, 심장내과, 신장내과, 소화기내과, 호흡기내과, 정형외과, 신경외과, 산부인과, 수술실, 분만실, 정신건강의학과 등 다양한 과에서 실습을 경험한다. 실습 1,000시간 동안 위의 대부분의 진료과를 경험하면서 앞으로 내가 일하고 싶은 파트는 어떤 곳으로 정할지도 결정하게 된다. 그리고 간호사에게 중요한 신속, 정확한 판단과 행동력을 배우고 동료와 환자와의 의사소통을 경험하는 소중한 시간이다. 그리고 병원의 작은 일부터 배우는 재미있는 시간이기도 하다.

간호학과 학생 실습에서 IV주사(정맥주사) 놓는 법, 주사기로 채혈하는 법, 병원에서 쓰이는 다양한 주사 앰플, 비치된 의료 물품 등에 대해 배울 수 있다. 특히 학생 간호사의 병원 실습에서 꽃은 바이탈 체크이다. 수십 번의 바이탈 체크로 학생 간호사들은 바이탈 머신이 될 수 있다.

바이탈은 'Vital sign'이라는 말을 줄여서 하는 말로 활력 징후를 뜻한다. 사람이 살아 있음을 보여주는 호흡, 체온, 심장 박동 등의 측정치이다. 보통, 환자의 혈압, 1분 맥박수, 1분 호흡수, 체온, 산소포화도를 측정한다. 이 일을 학생 간호사들이 수행하기도 한다. 바이탈은 약어로 BP(Blood pressure), HR(Heart rate), RR(Respiration rate), BT(Body temperature), SpO2(Saturation of percutaneous oxygen)이라고 표현한다. 이러한 수치에 대해서 기본 측정 방법과 정상 수치를 잘 알아가는 것이 중요하다.

병원 실습을 가면 간호사 선생님은 "학생 쌤! 바이탈 체크 좀 해주세요!"라고 할 때 바로 행동하면 된다. 측정 기계를 다 챙겨가고 바이탈 체크 후 포스트잇에 환자 이름과 측정 수치를 약어와 함께 드리면 된다. 작은 일이라도 신속, 정확한 행동으로 실천하는 학생은 정말 예뻐 보인다고 하셨다. 그래서 열심히 실습을 도는 친구들은 간호사 선생님들이 우리 병원에서 일하라는 말도 많이 듣고 칭찬도 받게 된다.

병원에서 실습은 3~4학년 동안 진행되면서 보통 졸업 학기에 접어들면 국가고시 시험을 위해서 바쁜 곳보다 정신건강의학과 등과 같은 정적인 부서에 실습이 배치되곤 한다. 국가고시를 준비하면서 시간이 부족했던 나는 정신과병동을 돌면서 충분히 공부할 생각만 했다. 하지만 모든 실습을 통틀어서 정신과병동 경험이 가장 뿌듯하고 즐거웠던 경험으로 기억에 남는다.

정신과병동은 우울증, 자살기도, 조울증, 알코올 중독, 조현병 등의 진단을 받은 환자분들이 입원해 있는 폐쇄된 공간이다. 그곳에서 하루 일과는 검사, 식사, 학생 간호사들과 휴게실에서 대화, TV 시청, 탁구 치기, 프로그램 참여 등이 있다. 병동에서는 날카로운 볼펜, 줄 등은 소지할 수 없었고, 화장실 거울도 깨지는 거울이 아닌 얼굴이 비치는 철판 같은 거울이었다. 모든 사물이 환자에게 해를 가하도록 할 수 있는 물건이기 때문이다.

처음에는 사실 무슨 말을 해야 하는지, 치료적인 소통을 하라고 배웠는데 어떻게 해야 하는지 도통 몰랐다. 하지만, 며칠이 지나고 환자분들과 나는 같은 사람임을 느끼며 오히려 가장 편하게 대화를 나누었던 실습이었다. 많이 친해져서 손금까지 봐줄 정도였다.

정신병동 실습에서는 학습 과제로 치료 프로그램을 만들어서 대상자와 시간을 보내는 활동이 있었다. 그때 상자에서 쪽지를 꺼내고 쪽지에 적힌 미션을 수행하는 프로그램을 짰다. '사랑한다고 말하기', '고마운 간호사 선생님과 악수하기', '하고 싶은 말하기', '먹고 싶은 과자 고르기' 등 쉽고 재미있는 미션을 수행하도록 도왔다.

환자분들이 한순간이라도 웃는 모습을 보게 되어 정말 기뻤다. 예비 간호사로 내가 할 수 있는 일이 있다는 것에 깊은 만족감도 느꼈다. 또한 환자에게 긍정적인 정서 교류를 했다는 점에서 보람을 많이 느꼈다.

이렇게 나의 1,000시간의 병원 실습은 끝이 났다. 더 담지 못했던 병원 실습의 우당탕 스토리는 많다. 아직도 내 기억 속에 귀한 배움으로, 웃고 울었던 추억으로 남아 있다. 병원 실습은 학생 간호사에게 간호사로서 나의 영역, 관심사, 재능을 발견하게 해준다. 조금 과장한다면, 간호사라는 왕관을 쓰려는 자, 병원 실습의 1,000시간이라는 무게를 견디라는 말이 나올 정도라고도 할 수 있다. 부디 병원 실습의 과정을 잘 통과하길 바란다.

운명의 국가시험 날

4학년의 모든 교육 과정을 끝내자 간호학과 공부에서 큰 비중을 차지하는 간호사 국가시험이 코앞으로 다가왔다. 나는 '드디어 시험날이 다가오는구나! 3년의 마지막 큰 시험. 이번 허들만 넘으면 되는 거야. 나는 할수 있어.'라며 나 자신에게 위로와 응원을 건넸다.

10월 중순이 되면 대략 국시 디데이 100일이 된다. 이때부터 마음이 들뜨고 시험에 대한 긴장도가 수직 상승하기 시작한다. 디데이 100일이 되면 발등에 불이 떨어진 것처럼 공부하기 시작하는 친구, 크리스마스를지내고서 시험공부를 시작할 거라는 친구, 국시와 간호직 공무원 시험을 병행하면서 전 과목 1회독을 끝낸 자신만만한 친구 등 다양한 모습이 나타난다.

그 속에서 나는 그냥 평범했다. Slow but, Steady(느리더라도, 꾸준하게)가 나의 모토였다. 1월에 보는 국시 6개월 전부터 독서실에서 혼자 엉덩이 싸움을 시작했다. 조금씩 하더라도 제대로 공부해야 내 것이 된다고 믿었다. 옛말은 틀리지 않았다. 엉덩이로 공부해야 이긴다는 것이 그것이다. 오래 엉덩이를 붙이고 앉아 있으면 어떻게 해서든 그날 공부량이 채워지고 책의 내용이 이해되기 시작했다. 모든 과목을 처음부터 끝까지 많이 출제되었던 문제를 중심으로 공부했다. 다시 보아도 생소한 개념들 위주로 국시 준비 카페 동기들과 치열하게 질문하며 하루하루를 쌓아 나갔다.

대망의 국가시험 날은 오고야 말았다. 어느새 나는 같은 학번 동기들과 학교에서 대절한 큰 버스를 타고 국가고시 시험장으로 향하고 있었다. 그래도 후회 없이 했던 공부라는 믿음이 있어서 기분 좋은 긴장감이 돌았지만 불안한 마음은 숨길 수 없었다. 심장 소리가 고막에 들리는 긴장성 박동이 잠시 생기기도 했다. 친구들은 "이 문제 봤어? 이거 답은 뭐야? 아, 모르겠다. 그냥 넘겨버려. 무슨 문제가 나와?" 하며 시끌벅적했다. 그런 소란 속에서 흔들리지 않기 위해 나 자신을 믿자라는 한 가지 생각만 하기로 했다.

교수님들, 후배들의 응원 소리를 들으며 따뜻한 악수와 함께 계단을 올라 국시장에 입실했다. 간호학과 3년간 대략 몇백 번의 시험을 봤을 것이다. 그럼에도 불구하고 시험은 매 순간 새로웠다. 3년간, 그리고 마지막 시험 전 6개월간 나의 노력이 헛수고가 되지 않도록 화룡점정을 찍자 다짐했다. 딩동. 1교시 성인간호학 시험이 시작되었다.

1교시의 시험문제는 120개였다. 성인간호학과 모성간호학을 1시간 30분 안에 풀어야 했다. 성인간호학은 80문제로 문제 수가 가장 많고 중요한 과목이다. 문제를 쭉 풀어나갈 때 생각보다 막힘없이 답이 손을 들고 있는 신기한 경험을 했다. 어려워도 끝까지 놓지 않은 성인간호학은 가장 정답을 많이 맞힌 고마운 과목이 되었다. 첫 과목에서 내가 공부한 내용이 바로 나오고 답에 대한 확신이 100% 들었을 때 큰 자신감이 밀려왔다. '그래, 집중해서 나머지 과목에도 모든 것을 쏟아붓자. 나는 이미 합격했어!'라는 생각과 함께.

하지만 간과한 것이 하나 있었다. 바로 '마킹' 시간이었다. 문제의 의도를 잘 파악하고 최선의 정답을 찾는 것은 중요하다. 그렇지만 모든 문제를 정확하게 마킹하는 것이 제일 중요하다. 자신감에 차서 문제를 풀었지만 마킹 시간은 10~13분 정도밖에 남지 않은 상황이었다. 그 순간 많이 당황했다. 하지만 연습한 대로 더욱 깊이 집중했고 한 문제도 실수하지 않고 마킹을 해냈다. 모든 과정을 하나하나 정확히 수행하는 것이 중요하다는 사실을 깨달은 순간이었다.

그다음 3~4교시에는 아동간호학, 지역사회간호학, 정신간호학 등의 과목이 대기하고 있었다. 1교시의 집중력을 끌고 간 덕분에 마지막까지 차분하고 순조롭게 시험을 치르고 답안을 제출했다.

시험을 다 마치고 돌아오는 길. 내 손에 들려 있는 A4용지 20장 분량의 핵심 요약 노트를 들여다보았다. 온갖 색깔과 그림으로 도배해놓은 노트를 보니 치열하게 열정을 다했구나 싶었다. 나 자신이 기특하면서도 한편으론 애잔하기도 하고 시원했다.

시험이 끝난 지금 그때를 회상하면서 나는 시험 날 어떻게 잘 시험을 치를 수 있었는지, 국시 준비 과정에 어떤 마음가짐을 가지고 임했었는지 되돌아보았다. 국가시험 날 문제없이 시험을 치러 낸 나만의 방법은 바로 '마인드 컨트롤 잘하기'였다.

2019년 12월, 시험 한 달 전부터 마인드 컨트롤에 집중한 것은 시험 준비에 엄청난 도움이 되었다. 마인드 컨트롤을 하기 위해서 내가 선택한 방법은 3가지다.

첫 번째, 일기 쓰기와 명언 필사하기. 두 번째, 텐션이 높은 노래로 나 자신을 격려하기. 세 번째, 일단 살고 보자는 생각으로 가족이나 친구들에게 전화하기. 이 3가지 방법으로 간호사 국가고시 시험 준비에 필요한 멘탈을 잡고 잡고 또 붙잡았다. 살아남기 위한 처절한 몸부림이었다. 3가지 방법을 좀 더 구체적으로 살펴보자.

첫 번째, 긍정의 문구와 일기 쓰기는 사실 평생 해온 나의 습관이다. 어떤 시험 전에 내가 과연 잘해낼 수 있을까 하며 떨리는 마음, 타인의 시선, 실수하지 않을까 하는 불안, 틀렸을 때 낙오자가 될 것 같은 두려움 등 모든 부정적인 생각과 감정을 일기장에 쏟아냈다.

8과목이라는 방대한 국가시험 범위와 10년간의 엄청난 기출문제 앞에서 그냥 벙찌기도 했다. 심지어 상황에 맞지 않는 분노가 일어날 때도 있었다. 당연히 부정적인 생각이 쉽게 올라왔다. 내가 과연 해낼 수 있는 사람이 맞는지 의심부터 들었다. 하지만 일기 쓰기를 통해 내 생각과 감정, 느낌을 충분히 글로 표현하면서 나에 대해서 객관적으로 인식하게 되었다. 국가시험에 대한 걱정으로 시끄럽게 올라오는 내 안의 모든 소리를 글로 적어보았다. 그리고 불안해서 안달난 나의 마음을 꼭 안아주었다. 일기 쓰기는 솔직하고 진정한 나 자신과 대면하는 시간이다.

일기를 쓴 나에 대해 잘 인식했다면 이제 내 마음에 쏙 드는 명언을 찾아서 일기 글 아래에 적는 것이다. 그러면 내가 어떤 부정적인 생각을 느꼈어도 긍정적으로 승화하게 되는 과정을 볼 수 있게 된다. 지금 가장 기억에 남고 도움이 되었던 긍정적인 조언은 '김구'의 명언이다. 그 명언을 짧게 소개하고자 한다. 가슴에 깊이 새긴 김구의 명언은 다음과 같다.

"결국, 모든 것이 나로부터 시작되는 것이다. 나를 다스려야 뜻을 이룬다. 모든 것은 나 자신에게 달려 있다. 내 힘으로 할 수 없는 일에 도전하지 않으면 내 힘으로 갈 수 없는 곳에 이를 수 없다. 사실 나를 넘어서야 이곳을 떠나고 나를 이겨내야 그곳에 이른다. 갈 만큼 갔다고 생각하는 곳에서 얼마나 더 갈 수 있는지 아무도 모르고 참을 만큼 참았다고 생각하는 곳에서 얼마나 더 참을 수 있는지 누구도 모른다."

나는 김구 선생님처럼 나랏일에 관한 일을 하는 사람은 아니었다. 하지만 나의 개인적인 삶의 목표에도 이 조언을 적용하고 싶었다. 내가 어디까지 갈 수 있을지는 아무도 모르기 때문에 나의 실력과 능력에 한계를 두지 않고 앞으로 노력하고 전진하라는 마음이 담겨 있어서다. 역사 속 멋진 선배님의 뜨거운 조언을 마음에 깊이 새겼다.

두 번째, 텐션 높은 노래로 나를 격려하는 것이다. 보통 친구들은 이러한 노래를 '노동요'라고 부른다. 노동의 텐션을 높여서 빠르게 성과를 내야 할 때 듣는 노래라는 뜻이다. 나의 국가고시 시험시간의 노동요를 소

개한다. 이때 많이 들었던 노래로 아이돌 가수 트와이스의 〈Cheer up〉
이 있다. 그 이외에도 거북이의 〈비행기〉라는 노래(무작정 떠나고 싶은
마음을 대변함), 마크툽의 〈오늘도 빛나는 너에게〉(가사가 아름다움)라
는 노래를 정말 많이 들었다. 가장 마음에 팍팍 꽂혀 도움이 된 노래는
엑소의 〈Dancing King〉이라는 노래다.

가사는 이렇다. "뜨거운 리듬에 가슴이 뛰잖아. 달아올라 지금 내 심
장이. Come on shake it. 너의 본능을 깨워. 이 시간이 지나가기 전에.
A-ya-ya. 오늘 밤 나는 Dancing King!"

나는 춤을 추고 싶었나 보다. 신나는 댄스 음악이 좋았다. 그리고 노동
요를 통해서 내 안의 흥을 끌어올려 어떻게 해서든 기분을 좋게 만들어
공부 성과를 내고 있었다. 국시생 후배님들, 노동요를 한번 들어 보시길
추천합니다.

세 번째, 마인드 컨트롤을 위해 가족과 친구에게 전화하는 것이다. 가
장 기억에 남는 전화는 아빠와의 전화다. 아주 불안으로 떨리고 공부를
해도 해도 모르겠다는 절망의 늪에 빠진 날, 나는 아빠에게 전화했다. 아
빠는 15년 이상 학생들을 가르친, 학원 원장님의 경력을 갖고 계신 분이
다. 아빠는 내게 "시험은 머리를 많이 써야 하니 잘 먹어주어라. 울거나
불안해하는 것은 시험문제를 푸는 데 도움이 되지 않는다. 지금 내가 바

로 할 수 있는 게 무엇인지 그것에 집중해라. 게임하듯이 문제를 풀어보아라."라는 황금 조언을 해주셨다.

아빠는 내게 늘 아빠가 아닌 선생님이셨다. 따뜻한 말 한마디도 해주시지만 그보단 문제 해결의 중심이셨다. 하지만 벼랑 끝에 매달린 나에게 한 줄기의 황금 동아줄이 하늘에서 딱 내려오는 듯한 조언을 해주시곤 했다. 그래서 그 절망의 순간에도 포기하지 않고 시험 날까지 잘 버틸 수 있었다. 일단 살고 보자! 소중한 가족과 친구, 교수님, 아는 지인 누구라도 상관없으니 전화해서 도움을 얻어라. 그것은 마인드 컨트롤에 아주 중요하다.

+ 07

간호사 국가시험에 합격하셨습니다

추운 겨울인 1월에 간호사 국가시험이 끝났다. 그리고 한 달을 기다린 후 의료인 국가시험원에서 합격 문자를 받았다. 카카오톡으로 '박민지 님께서 응시하신 제60회 간호사 국가시험에 합격하셨습니다.'라는 메시지가 온 것이다. 날아갈 듯이 기뻤다. 그날 날씨는 추웠던 것으로 기억하지만 내 가슴은 한여름같이 뜨거웠다. 마치 긴 마라톤을 끝까지 완주한 것처럼 짜릿했다! 간호학과 생활에 마침표가 찍힌 것이다.

간호사 국가시험을 준비하는 약 6개월의 기간은 정말 치열하게 살았다. 종강을 한 후 하루에 10시간을 공부하자는 목표로 독서실을 등록하여 다니기 시작했다. 그날 계획한 공부 분량을 채우지 못했으면 새벽까지 밤을 새서라도 공부를 했다. 국시에 떨어지는 상상을 하면 끔찍했기 때문이다.

친구들은 내게 말했다. "어차피 다 붙은 시험인데 뭘 그렇게 열심히 하니? 너처럼 유난떨지 않아도, 디데이 100일 전부터 공부해도 다 합격하는 시험이잖아?"라고 했다. 간호학과에 편입을 해서 다시 공부하러 들어온 만큼 나는 후회 없이, 작은 실수나 뒤처지는 것을 용납하고 싶지 않았다. 그때의 나의 불안한 마음은 오금이 저릴 정도였다. 취업의 문턱에서 두 번 다시 실패하고 싶지 않았기 때문이다.

나의 간호사 국가시험은 한마디로 '스파르타'였다. 기본서를 형형색색의 형광펜으로 밑줄을 그으면서 외웠고 미친 듯이 과목당 기출 문제를 풀었다. 그리고 수험서의 문제 풀이 아래 쓰인 핵심 요약을 읽고 오답 정리를 했다. 누가 보면 공무원 시험공부를 하는 줄 알았을 것이다. 시험 직전에는 자주 헷갈리는 개념과 아무리 외워도 잘 안 외워지는 내용에 해당하는 문제집 쪽수를 마구 찢어서 그냥 가지고 다녔다. 합격선이었어도 포기하지 않았다. 내 머리보다 엉덩이 붙이고 앉는 꾸준함을 믿기로 했다. 시험 전날에는 8과목을 처음부터 끝까지 다 훑었고 시험 직전까지 책을 놓지 않았다. 애처롭게 보일지라도 떨어지는 것보다 낫다는 일념으로 나 자신과의 시험공부 약속과 원칙을 끝까지 지켰다. 떨리는 국가고시 시험장에 시험의 종소리가 땡하고 울리기 시작한 후 마지막 문제의 마킹을 완료하기까지 나는 후회 없이 공부한 모든 것을 쏟고 올 수 있었다.

나는 이날 나 스스로에게 한 통의 편지를 썼다. 편지의 내용을 간략히 소개하고자 한다.

'3년이란 시간 늘 함께했던 나 자신에게 쓰는 편지'로 운을 뗐다. 편지에는 "간호학 공부를 나는 할 수 있다고, 열 번이고 스무 번이고 외쳤던 과거의 나 자신에게, 참 잘해냈다. 이제 나는 면허증을 가진 의료인이다. 간호사로서의 자부심을 잃지 말자! 모든 과정을 잘 마무리한 나에게 정말 고맙고 사랑한다." 이런 내용을 쓴 다음 나 자신의 머리를 쓰다듬었다.

간호사 국가시험이 끝나고 가장 먼저 떠오른 사람이 있다. 바로 서울에 사시는 고모다. 고모가 떠오른 이유는 가장 큰 지원을 해주신 분이기 때문이다. 고모는 약 40년간 서울의 대학병원에서 간호사로 헌신하신 분이다. 내가 간호사가 될 수 있도록 3년 동안 경제적으로 지원을 많이 해주셨다. 또한, 간호사라는 직업을 갖기 위해 어떻게 생활할지 동기 부여도 해주시고 사랑이 담긴 지지도 해주셨다. 고모가 아니었더라면 간호사라는 직업을 선택하지 못했을 것이다. 이 자리를 빌려서 서울에 계신 고모, 그리고 미국에 계신 고모 두 분께 깊은 감사와 사랑을 전하고 싶다.

간호사 국가시험을 다 보고 나는 휴대전화의 사진첩을 정리했다. 그동안 나는 어떻게 지내왔을까? 사진들을 보면서 나의 간호학과 3년이 아주 소중한 경험으로 남았다는 것을 깨달았다.

휴대전화에는 몇 천 장의 추억과 피, 땀, 눈물이 담겨 있었다. 사진첩에는 공부와 팀 과제의 흔적, 병원 실습복을 입고 찍은 한 컷, 면접날 정성껏 화장하고 정장을 차려입은 모습, 가족사진, 인간관계로 인해 고통받은 나에게 인류애를 다시 회복시켜 준 귀여운 강아지 사진, 싸이의 흠뻑쇼 사진, 동기들과 이태원의 클럽에 간 사진, 친구들과 찍은 우스꽝스러운 얼굴 사진 등 추억이 방울방울 맺혀 있었다. 사진첩은 공부나 인간관계가 어렵다고 느끼면서도 수많은 좋은 사람과 함께한 추억을 반추하는 시간을 갖게 해주었다.

간호사 국가시험에 합격한 다음 가장 많이 하는 질문이 있다. 바로 '이제 간호사로 일하게 되는데 한 달도 남지 않았습니다. 일을 시작하기 전

얼마나 공부를 해야 할까요?'다. 시험이 끝났으면 이제 놀아야지, 무슨 공부야? 하며 인생을 즐기는 친구들도 있다. 그런가 하면, 그와 정반대로 행동하는 친구들도 있다. 공부 걱정이 드는 사람들. 병원이라는 거대한 의료 시스템 안에서 어떻게 해야 똑소리나는 신규 간호사가 될 수 있을까? 적극적인 고민을 하는 친구들도 있는 것이다.

나는 둘 중에서 후자에 해당했다. 보통 간호학과 교수님들은 각 과별로 의학 용어를 공부하고, 내가 지원한 파트(중환자실이나 수술실과 같은 특수 파트 혹은 병동 등)의 업무 흐름을 기본적으로 파악하고 가라고 조언한다. 그래서 나는 열심히 의학 용어도 암기하고 교과서나 교재를 펼치고 팔자려니 하며 공부를 놓지 못했다.

지금에 와서 느끼는 것이지만 그 걱정은 하지 않아도 될 걱정이었던 것 같다. 백문이 불여일견이라는 말이 딱 맞았다. 실제로 행해보지 않고서는 알 수 없는 세계가 바로 간호의 세계다. 이론을 실제에 적용하면서 진짜 공부를 하게 된다고 생각한다. 그래서 병원에 입사하고 근무에 적응하며 시작해도 충분하다고 말해주고 싶다.

간호학과 수업시간에 열심히 메모하고 암기했던 공부가 큰 도움이 되는 것은 확실하다. 하지만 병원의 실제 상황에서는 전혀 예측하지 못하는 변수가 정말 많다. 그러므로 앞선 걱정과 학생처럼 책상에 앉아 파고

드는 공부는 큰 도움이 되지 않을 수 있다. 병원에서 간호사로 일할 미래의 나를 위해 시험이 끝났을 때 충분히 쉬어야 하는 이유다. 간호사로 첫 근무를 시작하는 날, 공부를 시작해도 늦지 않다!

간호사 국가시험이 끝나면 많은 간호학과 학생들은 보통 OOOO을(를) 남긴다. 여기의 OOOO은(는) 무엇일까? 아마도 많이 공감할 것이다. 바로 '시험후기'다. 호랑이는 죽어서 가죽을 남기듯이 간호학과 학생들은 국시시험을 보고 후기를 남긴다.

간호사라는 직업의 준비 과정의 특성상 내가 터득한 공부 방법이나 시험을 준비하며 겪었던 애로사항을 동기와 나누거나 후배에게 조언하는 일이 많다. 동기는 나의 경쟁자이지만 전우애를 동시에 느끼기 때문에 같은 경험을 가진 사람끼리 나누는 후기는 더없이 큰 위로가 된다. 뒤따라오는 후배들에게 시험에 대한 꿀팁을 전달해주고 멋진 선배가 되었다는 자부심을 느끼는 것은 간호학과 학생이라면 누구나 알 것이다.

그렇다면 여기서 잠깐! 간호사 국가시험의 소소한 꿀팁을 소개하고자 한다. 작년에 왔던 간호 선배의 국가고시 꿀팁! 죽지 않고 또 왔다. 간호사 국가시험의 고충을 느낀 적이 있다면 다음과 같은 7가지 꿀팁을 전달하고 싶다.

첫째, 문제집을 많이 사지 말 것. 간호사 국가고시 8과목의 기본서와 기출 문제, 시험 직전에 볼 총정리 기본서만 제대로 공부해도 충분하다! 중요한 것은 선택과 집중.

둘째, 시험 범위가 넓다고 걱정하지 말 것. 어차피 국가고시 시험은 주요 빈출 카테고리에서 돌아가며 문제가 출제된다. 걱정할 시간에 빈출 카테고리를 한 번이라도 더 보자.

셋째, 암기가 잘 되지 않는 사람이라면 앞 단어를 따서 외워볼 것. 그리고 길을 걸어가며 자투리 공부를 해볼 것. 개념을 계속 눈에 바르면 시험장에서 초인적으로 떠오른다.

넷째, 답답한 마음이 든다면 짧은 여행을 떠나볼 것. 만나면 기분 좋은 사람들과 행복한 시간을 가지는 것은 필수다.

다섯째, 여름방학에 최소 시험과목 1~2과목의 기본서를 1회독 해볼 것. 아니면 성인간호학(호흡기, 소화기, 심혈관계 등)의 주요 범위의 기출 문제를 우선 부지런히 풀어볼 것. 미리 공부해두면 여유가 생기니까. 시험 날이 다가올 때의 불안을 많이 줄여준다!

여섯째, 나를 위한 이미지 트레이닝을 해볼 것. 시험의 첫 시작부터 마지막 마킹까지의 과정을 이미지 트레이닝 해보자(특히, 시험날! 문제를 아무리 잘 풀었어도 마킹을 잘못 하면 끝장이다. 그러므로 마킹에 15~20분의 시간을 배분하는 것까지 계산할 것).

일곱째, 멘탈과 체력 관리를 잘해야 시험을 잘 치를 수 있다. 이때 나만의 마인드 컨트롤 문구를 적는 것도 도움이 많이 된다. '미친 듯이 해보자!', '당황하지 말자, 침착하게', '아는 건 틀리지 말자' 등과 같이 마음에 쏙 와닿는 글로 동기 부여해보자.

2장

신규 간호사, 너의 하루는 어때

간호사를
선택한

당신에게
꼭 전하고 싶은 말

✚ 01

대학병원 면접 꿰뚫기

취업 뽀개기! 간호사 취뽀의 계절은 매년 돌아온다. 간호학과 4학년 학기 초부터 대학병원 취업 준비는 본격적으로 시작된다. 보통 6~10월에 지원과 면접이 결정되서 합격을 한다. 그리고 다음 연도 1월에 국가고시 시험을 보고 합격을 하면 병원에 진짜 일하는 자격이 완료가 된다.

4학년 때 대학병원에 지원할지, 공무원을 준비할지, 보건교사 시험 준비, 로컬 병원이나 요양병원 등에서 일할지 각자의 여건과 환경에 맞게 진로를 결정하게 된다. 간호학과에 나오면 모두 교수님께 듣는 말이 있을 것이다. 간호사의 꽃은 임상이라는 말이다.

대학을 졸업하고 다시 간호학과에 편입한 나는 현역 친구들보다 다섯 살 많았다. 나이 값을 해야 한다는 부담감도 있으며 늦게 들어온 만큼 동기들에 비해서 뒤처지지 말아야겠다는 마음의 무게감이 있었다. 대학병원에서 임상을 경험해서 나만의 전문성과 능력을 반드시 길러내겠다는 욕심도 컸다. 무조건 임상은 최소 1~2년을 경험하라는 교수님의 조언도 있었다.

간호사에게 임상은 4년간 공부한 이론과 실습 시간을 실제로 수행하는 일이며 의료인으로서의 책임과 역할 수행을 하는 소중한 경험이라고 생각한다. 그래서 집과 가장 가까운 자대 병원에 신규 간호사로 지원하였다.

대학병원의 간호사 자기소개서와 면접을 준비할 때 대부분 공통적이면서 핵심적인 내용이 있다. 기본적으로 자기소개, 지원 동기, 희망 근무부서와 그 이유, 성격의 강점과 단점, 병원 실습의 경험이나 학과 공부 이외의 활동 경험, 삼교대 생활을 하면서 자신만의 스트레스 해소법 등이 있다. 최근에는 학교 성적, 지역, 얼굴 사진까지 평가 기준에서 제하는 블라인드 면접도 굉장히 많이 이루어진다. 각 병원별 자기소개서 및 면접의 기출 문제집이나 선배님들의 조언을 잘 활용하면 정말 많은 도움을 얻을 수 있다.

나는 먼저 면접 날에 진행될 처음부터 끝까지의 과정을 종이에 쓰고 그림을 그려놓고 상상을 하면서 면접 준비를 한 것이 도움이 가장 많이 되었다. 면접은 입실, 인사, 질의응답, 퇴실, 마지막 인사까지의 과정을 거친다. 면접 답변에 대해서 키워드 중심으로 기억해두고 진정성 있게 답변하자는 마음가짐을 갖는 것이 좋다. 외운 티가 나지 않도록 자연스럽게 반응하는 연습을 우선해야 한다. 가까이에 언니와 룸메이트 친구에게 자세나 표정, 답변 내용에 대해서도 체크를 받고 가족 어른들에게도 전화를 하면서 면접 준비를 하기도 했다.

면접 준비하면서 나는 가장 중요하게 여겼던 점은 '간절함'이었다. 아무리 좋은 성적과 경험을 했어도 면접 당일 내가 이 병원에 정말 일하고 싶은 간호사라는 점과 일할 자신감과 능력이 있다는 사실은 짧은 시간 안에 보여주어야 한다. 그래서 간절함이라는 무기를 장착했다. 간절함이 있는 사람에게서는 눈빛, 말투, 에너지부터가 다르기 때문이다. 취업을 뽀개고 싶은 강한 열정과 동기를 잃지 않고자 노력했다.

자대 병원이다 보니 면접 기출에 대한 정보를 쉽게 얻을 수 있었고 선배들의 합격수기를 읽으면서 나는 어떻게 합격할 수 있을까? 갑자기 당황하지 않으려면 어떻게 해야 할까? 질문하며 친구들과 면접 스터디를 하면서 차근차근 준비를 해갔다. 면접 준비를 하면서 가장 기억에 남았던 것은 동영상으로 내 모습을 찍으면서 했던 연습이었다. 자신의 모습은 객관적으로 보기 위해서 내 모습을 찍으면서 진짜 내 모습과 마주했다.

요즘은 카메라 어플로 얼굴도 연예인같이, 피부도 뽀송하게 만들 수 있다. 하지만 영상으로 나를 찍어보니 나의 얼굴에 비대칭이 느껴지고, 말투에서 '어…, 그…' 하는 불필요한 말의 버릇들, 기억이 나지 않으면 돌아가는 눈동자, 긴장하여 굳어 있는 얼굴과 몸 등 전체적으로 나를 볼 수 있었다.

그래서 병원이라는 곳에 나를 맞추기 위해서, 대학병원이 원하는 지원자의 모습을 갖추어야겠다고 다짐했다. 어떤 태도, 말, 자세를 가져야 나를 뽑을지 생각하면서 영상에 담긴 나의 모습을 유심히 관찰하고 하나씩 좀 더 조화롭게, 정확하게 말하는 노력을 했다. 바른 자세와 밝은 표정으로 끝까지 최선을 다하는 모습을 가지기로 했다. 또한 실수했다고 해서 면접을 망쳤다는 생각보다 기죽지 않고 당당하게 말하는 자세가 중요하다. 겸손하되 당당한 자세로 임하고 경청하는 자세를 잊지 않으며 질문의 의도를 잘 파악해야 한다.

면접 준비를 하면서 가장 기억에 남았던 준비 내용으로는 '노조에 대해서는 어떻게 생각하는가?'라는 질문이었다. 한 번도 예상하지 못한 질문이었다. 이러한 질문이 만약 면접에서 나왔다면 나는 많이 당황했을 것이다.

병원의 생리에 대해 잘 알고 있어야 하며 민감한 질문까지도 답변할 준비를 해야 된다는 교수님의 가르침 덕분에 면접을 더욱 꼼꼼히 준비할 수 있었다. 병원에 근무하면서 실제 노조 가입의 여부는 개인의 자유이다. 하지만 병원에 면접을 볼 때 면접관은 전문 면접관, 병원의 간호부, 인사팀, 병원장 등으로 구성된다. 그래서 병원의 입장에서 듣고 싶은 말을 하는 것이 지원자가 가져야 할 기본적인 자세라고 생각한다.

위의 질문에 대해서는, 아직 학생의 신분이기에 노조에 대해 정확히 알지 못하는 점과 간호사는 환자의 생명을 다루는 의료인이기에 환자의 생명 보호와 간호 업무에 최선을 다하는 것이 중요하다고 사료되는 점을 꼭 기억하여 답변하는 것이 합격 답변에 가깝다.

그리고 여러 병원에 지원을 하였고 대부분의 면접에서 자기소개, 우리 대학병원에 지원한 동기, 우리 병원에 대해서 알고 있는 점을 말하기, 본

인이 가지고 있는 강점, 병원의 실습 경험에서 배운 점, 병원에서 감염관
리가 중요한 이유 등의 질문이었다.

면접 날 나는 땀이 폭발했지만 '이너피스를 유지하자. 나는 할 수 있다.
그동안 3년의 노력이 헛되지 않도록 오늘 집중하는 거야.'라고 다짐하면
서 마인드 컨트롤을 하였다.

면접장에 들어가기 전 4~5명 정도 함께 들어간다. 내가 몇 번째 순서
인지도 중요하다. 처음이나 끝에 위치해 있다면 면접에서도 처음 말하거
나 끝에 말하게 되는 경우이기 때문이다. 나는 딱 중간에 위치했다. 중간
에 위치하면 그래도 답변을 좀 더 정리해서 답변할 시간이 조금 더 있다.
면접장의 문을 열고 들어가서 공수를 한 채로 "안녕하십니까?" 씩씩하게
외쳤다. 밝은 표정으로 편안한 미소를 잊지 않았다.

면접 날 면접 동기들의 답변을 들으면서 나는 정말 놀랐다. 어쩜 그리
도 다들 말을 잘하는지 모두 스피치 학원의 우수 수강생들 같았다. 조리
있게 말하는 옆 지원자들에게 영향을 받기 쉽다. 그 순간 남과 비교하여
잘하는 사람을 보고 기가 죽었던 내 모습이 중요한 순간에 딱 드러났다.
하지만 실수를 하고 더듬더라도 후회 없이 할 말은 하고 나오기로 마음
을 단단히 먹었다. 나의 경험에 대해서 자신감을 갖는 것은 그 순간 더 없
이 중요했다. 나를 잃지 않고 내 이야기를 씩씩하게 하는 것이 중요하다.

약 20분간의 면접 시간이 지나고 땀으로 젖은 손을 닦으며, 심호흡을 하면서 밖을 나왔다. 그렇게 나의 대학병원 면접은 끝이 났다. 긴장이 되었고 더듬기도 했다. 하지만 꼭 내가 원하는 대학병원에 붙어야겠다는 간절한 눈빛으로 면접관들을 바라보며 답변했던 모습이 떠오른다. 벌써 몇 번의 면접을 보며 20대를 보냈는지 모른다. 하지만 면접은 매번 볼 때마다 새로운 것이다.

세상에 나의 솔직한 모습을 보여주기보다 내가 세상에 맞춰갈 수 있는 사람이라는 것을 잘 정돈하고 포장해서 보여주는 것이 면접이다. 병원은 생명을 다루는 곳이기에 보수적인 집단일 수밖에 없다. 튀기보다 잘 융화되는 사람이라는 점과 간호사로서 전공 지식과 경험에 대한 노력과 진지한 태도를 갖고 있음을 어필해야 한다.

특히 중증 환자를 보는 큰 대학병원에서 요구하는 인재상에 대해서 잘 아는 것이 중요하다. 인재상에 걸맞는 표현과 경험을 답변과 부합시키는 것이 좋다. 병원의 비전과 가치에 맞게 함께 병원과 성장하는 의료인이 될 수 있다는 당찬 포부도 잘 표현해보자.

누구에게나 병원 면접은 늘 떨린다. 간호사라는 멋진 도전을 위해서 반드시 거쳐가야 하는 통과의례이다. 어차피 준비할 면접이라면 즐겁게,

나 자신을 발견하는 하나의 소중한 기회로 만드는 것이 좋겠다. 간호사가 되고 싶은 꿈쟁이 학생 간호사들에게 병원 면접과 취업 뽀개기를 뜨겁게 응원하고 싶다.

✚ 02

더럽고 치사해? 그럼 공부해!

"안녕하세요? 신규 간호사 박민지입니다!"

어디를 가든지 인사는 잘하자. 나의 원칙 중에 하나였다. 인사부터 잘하면서 열심히 하려는 나의 모습을 전달하겠다는 당찬 마음이 기억난다. 신규 간호사로 근로계약서를 받고 두근거리는 마음을 부여잡았던 날. 간호사의 월급과 병원의 복지 등에 대한 설명을 듣고 배치 받은 부서를 향했다. 나의 첫 근무지는 '응급중환자실'이었다. 보통 프리셉터 선생님(사수)에게서 3개월 동안의 트레이닝 기간을 거치고 내 환자를 직접 맡아서 일하는 독립을 하게 된다.

나는 한 가지 생각을 품었다. '사람 박민지가 아닌 간호사 박민지로 산다. 나는 없다.'라는 생각이다. 어찌 보면 당연한 말이다. 일하는 직장에서는 '나'의 캐릭터를 주장하기보다 간호사라는 의료인의 역할을 수행해야 하기 때문이다. 나의 첫 근무지였던 응급중환자실(EICU)은 모르는 것이 죄가 되는 곳이다. 얼떨떨함과 함께 응급실에서 넘어온 중환자를 담당하는 부서에서 신규 간호사의 하루가 시작되었다.

나는 기본적인 간호 지식, 응급 상황 대처 능력과 민첩함을 장착해야 했다. 질환의 정의, 진단 기준, 치료, 간호 등 교과서에서 배운 것부터 실제 수행하는 스킬까지 배웠던 모든 것을 적용하고자 노력했다. 그러나 가장 기본적인 이러한 사항을 수행하면서 나는 느리게 행동하기 일쑤였다.

응급중환자실에서 사수이셨던 선생님께는 죄송할 수밖에 없었다. 나는 늦게 배우는 성향을 가진 사람이었기 때문이다. 빠르게 배우고 바로 적용하는 사람이었다면 좋겠지만 나는 그렇지 못했다. 나는 이리저리 만져보고, 시간을 가지고 외우고, 원리를 이해하는 Slow learner였던 것이다. 사수 선생님의 깊은 한숨과 다그침이 기억난다.

어느 날 환자가 응급중환자실에 입원하였는데 응급 환자이다 보니 빨리 투여해야 할 약물이나 검사가 우선이다. 그런데 나는 환자 정보를 조사하는 간호 초기 평가를 붙잡고 시간을 지연시키고 있었다. 간호 초기 평가는 환자의 증상, 과거 질환력, 수술력, 복용 약물, 약물 지참 여부, 키·몸무게 등을 조사해야 한다. 10분 안에 끝내야 할 초기 평가를 마치 대본을 읽듯이 '세월아, 네월아.' 했던 것이 화근이었다. 그것도, 정보에 대해 잘 알지 못하는 환자에게 묻는 상황이었다. 이때 나는 거의 선생님께 구석으로 불려가서 혼나지 않은 것이 다행이다.

한 달간의 응급중환자실에서 첫 병원 생활을 보냈다. 그때를 떠올리면 등줄기가 아직도 서늘하다. 간호사 유튜브에 나오는 모든 도움이 되는 영상(IV 잘하는 법, 혈액검사 수치, 기본적인 신규 간호사의 태도 등)을 보면서 무엇이든지 듣고 실행하고자 노력했다. 하지만 중환자인 환자를 응급하게 보는 곳 자체였던 나의 첫 발령 부서는 나와 인연이 아니었다.

나는 중환자실에서 병동으로 로테이션한 케이스이다. 다음 장인 '인생을 일깨운 3대 사건'에서 중환자실에서 병동으로 로테이션했던 자세한 내용을 소개한다.

'더럽고 치사해!'라는 말은 드라마에서도, 책에서도 많이 본 질문이다. 우리 삶이, 팍팍하면서 알쏭달쏭한 현대사회에서 살아남기 위해서 더럽고 치사한 상황에 많이 놓이게 된다. 무엇보다도 병원은 생명의 줄다리기이자 생명을 보호하고 지키는 최전선이기에 사람 간의 마찰은 불가피하다. 그런 환경 속에서 꾸준히 공부하며 나만의 전문성을 쌓아가야만 한다.

더럽고 치사한 상황에서는 나 스스로 당당해지는 법이 살길이다. 그래서 간호사는 매일 공부하고 매일 시험 보는 인생을 살게 된다. 여기서 간호사가 공부해야 하는 것들에 대해 구체적으로 소개하고 싶다.

간호학과를 다니면서 성인간호학, 여성건강간호학, 아동간호학, 지역사회간호학, 간호관리학 등 모든 과목을 법적인 교육 과정을 다 들었지만 실무에 대한 구체적인 교과 과정이 없는 부분이 잘 이해가지 않았다. 실제 간호사가 하는 업무의 시작과 끝에 대해서 구체적인 과정을 대학에서 가르쳐야 한다고 생각한다. 간호사로 근무하는 가족이 있지 않은 이상 간호사의 하루가 어떤지, 어떤 일을 구체적으로 하는지 어깨 너머로 듣게 되지 실제 학교에서는 교과 과정으로 설정된 것이 없다. 간호사의 A to Z, 종합적으로 어떤 업무 분야에서 일해야 하는지 알아두고 근무를 시작하는 것이 좋다.

병원마다 운영 시스템도 다르고 EMR(의무기록프로그램)도 다르다. 간호조무사의 보조 인력의 인원, 약국, IV 전담팀, 당일 응급 시술 입원실 등의 환경도 다르기에 신규 간호사의 일은 해당 병원에서 사실 잘 배우면 된다. 그리고 신규 간호사, 시니어 간호사, 책임 간호사, 수간호사의 직무기술에 대해서 이해하는 것도 중요하다.

신규 간호사로 Day 근무 출근을 했던 나의 하루는 다음과 같다. 먼저 시니어 선생님보다 일찍 출근하여 장비(산소탱크, 약품 칸, 멸균 의료 용품 등)의 개수나 기능을 체크한다. 인계장도 출력하고 커피도 탔다! 선생님들의 취향을 확인하는 센스는 필수다. 그리고 정규 시간에 들어가야 하는 투여 약물, 점심약, 저녁약까지 확인을 한다. 정규 8시에 라운딩을 가서 환자의 라인 상태, 활력 징후, 불편감이 없는지, 잠은 잘 잤는지를 확인한다. 그리고 간호기록을 빠르고 정확히 남긴다. 간호기록은 통증 유무, 간호 계획, 약물의 부작용 여부 등을 기록하게 되어 있다. 또 시간이 흐르고 정규 BST를 체크하고 점심식사, 점심약을 돌린다. 이 모든 과정 사이사이에 당일 수술을 위한 입원 환자가 올라오고, 또 퇴원을 보내야 한다. 수시로 환자 상태에 대해 담당 의사와 소통도 중요하다. 수술방으로 환자를 준비해서 내리거나 모셔오는 과정이 포함되어 있다. 수액이 잘 들어가는지, 수술 후 배액관 개방성, 색깔, 금식 설명, 식이 설명 등 다양한 처치를 수행한다. 발에 땀나도록 바쁜 병동 현장을 결코 글로 담기에는 부족하다.

위의 모든 과정을 지나면 퇴근이 다가온다. 하지만 인계 시간이라는 숙제 검사를 맡아야 되는 마지막 산이 기다린다. 내가 맡은 환자가 간단한 수술 케이스이거나 중한 질환이 없다면 인계 사항도 간단하다. 하지만, 시니어 선생님들의 정확한 레이더망에 여지없이 걸리게 되어 있다. 내가 맡은 환자, 담당 주치의, 처방 약물, 환자의 캐릭터와 건강 상태 등 다방면에 대한 파악 없이는 탈탈 털리게 마련이다. 인계 시간 선생님들께서 확인했던 사항들을 소개하고자 한다.

"보호자랑 수술동의서 컨택해서 전공의 컨펌받은 거예요? 며칠 후가 수술인데 왜 수술 동의서가 없어요?"

"내일 수술 오더 잘못 났잖아요. D/C(처방취소)받고 퇴근해요."

"마약장에 있는 마약 반납은 했어요?"

"시저(멸균가위), D-set(드레싱세트)는 하나씩 비는데 이거 어디 갔어?"

"내일 CT 검사하기 전에 6시간 전에 금식해야 하는데 환자한테 설명은 했어요? 아침식사는 뺐고? 아침약 간호 반납해야 되는데?"

"○○ 환자, HbAlc 수혈받아야 하는 수치인데 전공의한테 노티는 했어요? 왜 이것도 확인 안 한 거예요? 환자를 제대로 파악한 거 맞아요?"

"수혈 처방 났는데 20G IV line이랑 3-way 확보해놨어요? 라인

function(기능)은 확인했어요?"

"입원한 사람 먹던 자가약은 다 조사된 거예요? 전공의는 다 알고 처방
다 낸 거죠? 확인하고 가요."

퇴근 전 환자 인계를 할 때 시니어 선생님들의 질문이었다. 날카로운
선생님들의 질문에 나는 시원하게 대답하지 못하고 쩔쩔맸다. 오랜 시간
동안 쌓인 경험으로 보는 선생님들의 시야는 아주 넓었다. 불나는 전화
벨과 환자의 콜 벨, 신규가 해야 할 잡(job)들로 머릿속이 복잡했던 하루
를 보낸 후 인계 시간은 시험을 치루는 기분이었다.

매일 외우고 공부할 것들이 넘쳐났다. 매일 출퇴근 전 맥도날드로 달
려갔다. 인계 시간에 한마디라도 제대로 된 정답을 말하기 위해서 공부
를 해야 했다. 간호사로 은퇴하셨던 고모는 내게 계속 하다 보면 공부가
재밌어지는 순간이 온다고 하셨다. 환자에게 좋은 간호사가 되려면, 더
럽고 치사한 순간이 오더라도 공부를 하면 되는 것이다! 정확히 알고 있
다면 당당할 수 있기 때문이다.

간호사로 일하면서 재밌는 공부가 되기는 어려울 수 있다. 실제로 더
럽고 치사한 상황을 모면하기 위한 공부라도 괜찮다고 생각한다. 일단

하고 보면 알게 된다. 간호사의 공부가 사람을 살리는 방향을 향하고 있다는 사실 말이다. 간호사의 공부 가치를 체감하는 순간 공부는 꽤 할 만한, 괜찮은 것 이상의 가치라고 발견하는 순간이 찾아오게 될 것이다.

✚ 03

아마추어는 오늘도 달린다

아마추어였던 신규 간호사 시절 제일 많이 들었던 말이 있다. "네가 우리 병동에서 제일 바빠 보인다"는 말이다. 한 번에 딱 끝낼 일을 두 번, 세 번에 하는 내 모습을 두고 하는 말이다. 독립을 하고 얼마 지나지 않은 날, 한 번에 멀티 플레이어하는 것이 어려웠다.

나는 수술 후 환자에게 투약할 약물을 다 챙겨서 환자 자리로 갔다. 그런데 환자에게 도착했을 때 바지를 가져다 달라고 했던 말이 머리를 스치고 지나간다. '아, 맞다! 바지 챙겼어야 하는데!!' 하면서 다시 린넨실로 환자복을 가지러 뛰어갔다.

신규 간호사 3~6개월까지는 실수하는 경우가 정말 많았다. 퇴원 환자에게 중요한 퇴원 약을 깜박하여서 퀵 택배로 보내기도 했다. 어떤 날은 퇴원 전 외래 일정을 잡아주지 않아서 컴플레인이 들어오는 날도 있었다.

가장 기억 남는 경우는 약물 투여할 때의 상황이다. 한 병실에 비슷한 이름을 가진 환자가 입원했었다. 빨리 응급 처방 난 약을 타러 가야 하는 상황에서 수술 후 도착한 이 두 명의 환자에게 항생제를 투여해야 하는 상황이었다. 이때 투약 카드와 환자 확인을 우선하는 것이 중요한데, 빨리 환자에게 약을 드린다고 설명만 한 것이다. 다행히 약물 투여 전 환자 이름과 환자 팔찌의 등록번호와 투약 카트 일치를 확인하는 것을 해보니 다른 환자의 약물이 투여될 뻔한 상황이었다. 정말 아찔했다.

실수가 많았던 나는 스스로 나에게 멍청이라며 채찍을 가했다. 실수를 통해서 배우는 것은 맞지만 한 번의 실수로 환자에게 영구적인 해를 가할 수도 있기에 굉장히 조심스러운 일이 많다. 자책했던 순간이 많았다. 나의 마음만 조급하지 실제 행동은 느린 성향을 탓할 뿐이었다. 바쁜 업무 환경 탓을 할 수는 없었다. 어떤 상황에서도 많은 일을 실수 없이 척척 해내는 선생님들을 보면 말이다.

신규 간호사로 일할 때 나는 병동과 병실을 우당탕 뛰어다녔다. 항상 퇴근하고 보면 만보기 어플에서 1만 보는 기본으로 찍혀 있었다. 병원에서 많이 걷고 뛰다 보니 나는 키가 컸다는 사실을 발견했다. 간호학과에 처음 들어왔을 때 신체검진에서 키는 167.2cm였다. 하지만 병원에서 근무한 후 키를 재보니 168.8cm으로 약 1.5cm가 큰 것이었다. 정말 경악했다. 보통 여자들은 초경을 시작한 이후로 성장판이 닫히게 되기 때문이다. 잭과 콩나무의 나무처럼 하늘 높이 키가 치솟는 줄 알았다. 그만큼 병동에서 여러 번 실수하며 뛰어다닌 것을 커버린 키가 입증해주는 것 같았다. 1.5cm의 숨은 키를 얻게 되어 보너스를 받은 기분이 들었다.

아마추어의 땀나는 하루를 지켜보던 프리셉터 선생님은 내게 말했다. "한 번에 가서 한 번에 할 거 다하고, 물어볼 거 다 물어보고 와요." 선생님의 이 한마디는 언제나 내 행동 기준이 되었다.

나의 프리셉터 선생님을 한마디로 표현한다면 '보살' 선생님이셨다. 프리셉터와 프리셉티는 엄마와 자식같은 관계이다. 나는 프리셉터 선생님보다 두 살 더 많았다. 하지만 나이는 중요하지 않았다. 병원에서는 경험과 연차가 갑이기 때문이다. 프리셉터 선생님은 자신보다 나이가 많은 신규에게 존중하는 모습을 보여주었다. 무엇보다 패닉하는 나의 모습,

느린 행동력, 자잘하고 큰 실수까지 포용해주셨다. 정말 지금 생각해도 너무 감사드린다. 따끔한 일침과 정확한 해결 방법을 제시해준 한 줄기 빛 같은 분! 병동으로 로테이션을 하고 만났던 프리셉터 선생님과 운명적인(?) 만남 덕분에 신규 간호사 생활을 버틸 수 있었다. 신규 간호사는 늘 죄인일 수밖에 없을 정도로 실수도 많고, 배워야 할 것 천지였다. 프리셉터 선생님의 많은 가르침과 도움 덕분에 간호사의 기능을 할 수 있었다.

중환자실에서 환자의 생명을 지키는 최전선에서 호되게 공부를 하고 로테이션을 온 나는 병동의 모든 업무 과정을 다시 배웠다. 프리셉터 선생님이 신규 간호사로 근무했을 때 병동에 적응하기 위해 공부했던 많은 자료를 넘겨주셨다. 이미 4년 차인 선생님은 병동의 허리를 담당하는 빠르고 정확한 일처리의 여왕이었다. 트레이닝 기간에 선생님께 배울 수 있어서 정말 감사했던 순간이 많았다. 특히 프리셉터 선생님은 깔끔한 요약의 여왕이었다. Day, Evening, Night 근무의 절차, 수액 세트 만드는 법, 투약 약물카드 만드는 법, 검사 및 시술에 전후 처치와 준비 사항에 대해 알고 있는 모든 내용을 다 주셨다. 모든 내용을 아낌없이 주신 점이 가장 감사했다.

나는 그렇게 트레이닝 기간 3개월을 보내고 홀로 독립을 했다. 이때 가장 어려웠던 일은 IV 라인을 잡는 것이었다. 3개월 동안 함께 다니면서 수월하게 일처리하시는 선생님의 모습을 보다가 이제는 내가 해야 한다는 것은 전혀 다른 세계였다. 특히 내가 근무했던 병원에서는 나이트 근무자가 IV 정맥을 교체하는 일이 루틴 업무이다. 수액을 연결하기 위해서 정맥에 주사 카테터(플라스틱관)을 삽입해서 수액 통로를 만들어놔야 한다.

주사 카테터와 수액, 소독솜을 들고 환자에게 갔다. 이날도 어김없이 첫 시도는 실패였다. 혈관이 굵은 사람은 단번에 성공하기 쉽지만 아쉽게도 혈관이 잘 보이지 않는 할아버지셨다. 나는 단번에 주사 라인을 잡을 수 없었다. 다시 시도했을 때 실패할 경우 환자의 컴플레인이 어마어마하다. 이것이 두려워서 나는 프리셉터 선생님께 수도 없이 도움을 요청하고 매번 도움을 주셨다. 다른 선생님들에게는 부탁하기 쉽지 않았다.

이때 나는 '눈치껏'이 필요하다는 것을 절실히 배웠다. 눈치 없게도 계속된 부탁을 했던 내게 보살 프리셉터 선생님은 호되게 야단을 하셨다. 언제까지 도움을 받을 수 없는 노릇이었다. 이제는 정말 스스로 해야 하는 상황이고 도움을 요청하기 전 스스로 해보기로 했다.

스스로 돕는 자에게 하늘이 돕는다고 한 말처럼, 정말 스스로 해보기로 결심한 순간부터 나의 간호 실력이 많이 좋아졌음을 느꼈다. IV 라인을 잡을 때도 혈관의 통통한 느낌을 손끝에 집중해서 느꼈다. 잘 보이지 않는 혈관에도 정맥 라인을 잡는 것을 여러 번 성공할 수 있었다. 1년 동안 병동에서 내 환자를 내가 책임지고 투약하고 처치를 설명하는 과정에서 나는 큰 성장을 맛보았다.

아마추어는 달릴 수밖에 없다. 하지만 고수로 나가기 위해서 아마추어의 과정을 충실히 겪어내야 한다. 프리셉터 선생님이 한 줄기 빛이었다면, 진정한 고수의 모습을 보여주셨던 10년차 선생님이 기억난다. 선생님은 환자에게 수액을 연결할 때 혈관이 잘 보이지 않는 분에게서 손가락에서 IV 라인을 잡아내는 분이셨다. 진짜 고수는 불가능해 보이는 상황에서 가능을 이끌어낸다.

고수의 모습을 보고 지금 나의 아마추어 현실과 괴리감이 당연히 느껴진다. 좌절스럽기도 하다. 그래서 나는 더욱 아마추어를 응원하고 싶다. 아마추어를 응원하는 이유는 모든 고수들이 필수적으로 거쳐간 과정이기 때문이다. 고수 선생님께서는 늘 해맑은 미소로 동기들끼리 힘들면 서로 힘들게 했던 일들, 힘들었던 사람들 이야기하면서 풀어가라고 하셨고 응급 상황에서 내가 할 수 있는 일에 대해 빠르게 판단해서 요구와 결과를 이끌어주셨다.

한번은 hourly urine check(시간당 소변량 측정)를 하는 경우가 있었는데 10년차이신 높은 시니어 선생님께 hourly check를 부탁드린 것이었다. 보통 신규인 막내가 자잘한 업무를 도맡아서 한다. 시니어 책임 간호사 선생님께서는 응급 상황과 환자 및 교수님 응대, 간호 처치나 기록에서 어려운 점을 알려주신다. 또한 병동의 컴플레인 해결 등 굵직한 일을 도맡아주신다. 그런 분에게 매시간 나오는 소변량을 체크하는 일을 부탁드렸으니 병동의 일에 대한 이해와 직급 체계에 업무에 대해 정말 몰랐구나 싶다.

　발에 불이 나게 달릴 수밖에 없는 아마추어에게는 다음 2가지 마인드가 도움이 된다. 첫째는 실수해도 오뚝이같이 다시 일어나는 차가운 머리, 뜨거운 가슴이다. 실수해서 두렵고 혼나면 감정이 상한다. 하지만 감정과 상황은 지나가기 마련이고 내가 한 노력과 결과물은 남는 것이다. 그렇기 때문에 실수에서 잘 배우고 다시 실수하는 일이 없도록 해야 한다. 둘째는 나만의 즐거움과 스트레스 해소법을 생각하고 버티는 것이다. 나의 즐거움은 퇴근 후 뜯는 족발이었다. 가장 든든한 조력자인 언니와 맛집을 다니는 것이 유일한 낙이었다. 많이 먹었어도 다행히 열심히 뛰어다니니 5kg가 빠지는 경험도 했다.

　이 세상 모든 병원의 아마추어에게, 발이 땀이 나도록, 이마에 구슬땀을 맺히며 달리는 신규 간호사에게 오늘도 멋진 하루가 아니어도 성장한 하루는 아니었는지 물어본다. 하루라는 무수한 점이 찍혀서 내 인생을 이루고 결국 얼마지 나지 않아서 병동을 누비는 멋진 시니어 간호사인 고수로 태어날 것이기 때문이다.

✚ 04

외과병동 간호사로 산다는 것

대학병원은 2, 3차 병원으로 일반 의원보다 중증도가 높은 질환을 많이 본다. 대학병원의 진료과는 소화기내과, 혈액종양내과, 정형외과, 신경과 등 다양하다. 첫 근무 부서였던 응급중환자실을 거쳐서 외과병동에 지원했다. 어떤 진료과를 선택할지는 선택권이 없었다. 간호부에서 배치해주는 곳으로 가야 했다.

간호학과를 졸업하고 원티드 부서를 선택하기 위해서 나는 유튜브 검색을 많이 했다. 하고 싶은 것이 너무 많아서 어떤 선택을 하는 것이 가장 좋은 선택인지 찾아야만 했다. 한편으로 어떤 선택을 했어도 그 생활과 결과가 내가 원하는 것이 아닐 수도 있다는 느낌으로 마음이 시원하지 않았다.

하루는 어려운 환자를 거뜬히 간호하는 중환자실 간호사가 되고 싶었다. 하루는 자살률 세계 1위인 대한민국의 정신을 책임지는 정신과 간호사가 되고 싶었다. 하루는 그냥 돈을 벌 수 있는 과라면 보내주는 곳이 어디든 그냥 가고 싶기도 했다. 나는 귀도 얇고 우유부단한 성격이 있어서 더욱 혼란스러웠다.

로테이션 결과를 기다리면서 나는 많이 혼란스러웠다. 앞으로 어디를 가든지 실패한 결정이 될까 봐 걱정스러웠기 때문이다. 실패의 경험은 지혜를 주기도 하지만 겁나게 하기도 한다. 어떤 것을 알게 되면 그것이 지혜로 승화되는지, 나의 꿈을 막는 장애물로 작용하는지는 나의 선택에 달려 있다.

나는 진로에 대해서 혼란스러운 마음을 모두 내려놓기로 했다. 그리고 신에게 진심으로 기도하는 시간을 자주 가졌다. 가장 기억 남는 기도가 있다. 부디 최고는 아니더라도 지금의 나의 삶에서 최선의 선(善)을 이룰 수 있는 곳을 가게 해달라고 했던 기도이다. 간호사를 선택한 것은 누군가에 이로운 일을 하고 싶었던 마음의 강한 소원 때문이었다.

거창하지도 대단하지도 않은 '누군가에게 도움이 되는 사람'이 되고 싶은 나의 소원은 마치 질긴 고무를 씹는 것처럼 끈질겼다. 죽는 날에 후회 없는 선택을 했고 의미 있는 시간을 보냈다고 말하고 싶은 것이 중요했다.

하지만 남을 위한 이타적인 삶을 살기만 하면 결국 나를 돌보지 못하게 되는 것이다. 그래서 나도 살고 내가 살아서, 남도 살리는 그런 선(善)을 행하는 사람이 되도록 기도했다.

며칠 후에 로테이션 가게 될 부서가 정해졌다. 로테이션 부서는 마이너과인 안과, 이비인후과, 비뇨기과, 피부과 통합 병동이었다. 실제 간호학과에 다니면서 중요하게 배웠던 과가 아니어서 생소했다. 하지만 기도했던 것처럼 현재 나를 위한 최고의 응답이라고 여기고 마이너 외과병동으로 가게 되었다.

외과병동의 나의 첫 느낌은 중환자실보다 훨씬 활동적이라는 느낌이었다. 입·퇴원이 아주 빠르고 수술 준비와 수술 후 처치가 중요한 파트였다. 중환자실은 인공호흡기를 끼고 있는 환자가 많다 보니 환자와의 소통을 거의 할 수 없는 곳이다. 반면 병동에서는 활발하게 환자와의 의사소통과 피드백이 이루어진다.

마이너 외과병동에서 드디어 제대로 된 간호사 생활을 시작하게 되었다. MBTI 검사 결과를 맞추어서 프리셉터 선생님을 정해주었다. 프리셉터 선생님과 성격이 잘 맞았던 점은 확실히 있었다.

외과병동 신규 간호사의 하루는 한마디로 '머리 벗겨지게 바쁘다'이다. 출근 전에는 화장도 하고 머리도 단정하게 해서 기분 좋은 느낌으로 한껏 자랑스럽게 사진을 찍었다. 그러나 마치 화살처럼 쏜살같이 지나가는 12시간 근무시간이 지나고 마주하는 나의 모습은 정말 새로웠다. 머리는 헝클어지고 기름진 데다가 이것저것 메모하면 썼던 펜과 다양한 오염 물질로 더러워진 근무복이었다.

외과병동과 내과병동을 대략적으로 비교한다면 외과병동은 수술적 처치에 대한 이해와 민첩성, 단순 반복 업무 과정이 좀 더 특징적이다. 내과병동은 질병이 오래되어 만성화된 환자가 많고 재입원하는 경우가 많다. 약을 한 봉지 싸와서, 먹고 있는 약에 대해서 파악을 잘해야 한다. 특히 환자 상태가 급변하여 호흡 곤란, 출혈 등 응급 상황 대처 등에 대해 특히 잘 알아야 한다.

반면, 외과 환자는 수술을 위해 입원하는 경우 많다. 확연히 내과와 다른 점은 외과 환자는 그래도 수술 후에는 합병증 없이 좋아지면 웃으면서 나가는 경우가 많다. 신체의 기능이 좋아지고 퇴원을 하는 환자를 볼 수 있다.

실제로도 내가 속한 병동에서도 "덕분에 잘 치료받고 가요. 고마워요."라는 말을 많이 들었다. 또 외과병동의 특성은 도떼기 시장통 같기도 하다는 것이다. 당일 수술을 위한 당일 입원 환자가 많다. 수술실에서 수술 준비가 완료되었다면 수술 환자를 내리고 또 수술이 끝난 환자를 빠르게 데리고 와서 처치를 해야 한다.

내가 속한 병동에서는 수술 환자를 받지 않으면 병동의 베드가 남기 때문에 나이트 근무 시에 타과 환자를 받기도 했다. 마이너 병동이지만 메이저(내과) 병동이 되기도 하는 것이었다. 그래서 소화기내과, 신경과, 혈액종양내과 환자 등 다양한 환자를 보기도 했다.

외과병동 간호사였던 나의 하루를 떠올려본다. 꿀같이 달콤한 오프가 끝나면 듀티를 확인한다. 내일이 Day 근무라면 내일은 또 죽어라 바쁘다는 것을 알았다. 월요일이라면 그날은 그냥 끝난 것이다. 주말에는 수술 스케줄이 없기 때문에 보통 주말은 퇴원을 많이 보낸다. 그 후 월요일이 되면 하루에 15~20명 이상의 수술 환자 리스트를 보고 그날 근무의 강도를 예상했다.

Day 근무를 가면 새벽 별을 보고 출근하게 된다. Day 근무 날이었던 겨울날에 아무도 밟고 가지 않은 길을 바스락거리며 걸었던 기억이 난다.

바스락 거리는 눈을 밟으면서 괜히 감성이 젖기도 했다. Day 근무를 가는 무거운 발검을 떼면서 나는 가수 테이의 〈사랑은...향기를 남기고〉라는 노래를 듣기를 좋아했다. 이별도 안 했는데 이별 노래를 좋아한 이유를 잘 몰랐다. 이제 와서 느끼지만 행복했던 오프 날과 이별하고 싶지 않은 내 마음을 대변했기 때문에 아주 좋아했던 것 같다.

Day 근무에 가서 그날 물품 체크, 선생님들의 커피 타기를 끝내고 그날 병동의 분위기를 파악한다. 나이트 때 특별한 사건이 없었는지, 시니어 선생님들의 기분은 어떤지, 어떤 선생님께 인계를 받게 되는지를 파악한다. 내가 맡은 팀에 수술 환자, 입·퇴원 환자가 몇 명인지 파악하고 환자 상태가 괜찮은지, 악화되었는지도 파악해야 한다. 인계를 받으면서 그날 Day 근무에서 조심해야 할 점을 빨간펜으로도 반드시 적어둔다.

외과병동 간호사였던 나의 하루는 정신없이 바쁨이 70%였다. 나머지는 정확하게만 하자 10%, 실수하면 끝장이야! 10%, 퇴근하고 뜯는 족발 생각 10%였다. 빈틈없이 지나간 Day 근무의 하루였다.

대략적인 Day 업무 루틴은 다음과 같다. 병동 라운딩을 돌면서 환자의 수액이 잘 들어가는지, 주사 부위가 괜찮은지, 특이 불편감이 없는지를 확인한다. 간호기록에 환자 상태와 약물 부작용 여부 등을 빠르게 기록한다. 식이 관리도 하게 되어 식이 신청이 잘되어 있는지도 확인한다. 수술 환자를 보내달라는 전화를 받으면 내 담당 환자가 아니더라도 활력징후, 간호기록, 수술동의서 확인 등을 하면서 환자를 준비한다. 검사가 있으면 환자에게 검사 전 금식, 처치 여부를 확인하고 검사가 잘되었는지 여부도 확인한다.

바쁘게 일을 쳐내고 나면 BST(혈당)을 측정하는 시간이 다가오고 곧 점심시간임을 알린다. 보통 밥을 못 먹을 때가 많지만 다행히 배려를 해주셔서 바쁘더라도 병원 식당에서 밥은 꼭 먹었다. 물론 꼭꼭 씹기까지는 못하고 밥을 마시고 오는 타임이었지만 말이다. 퇴근 시간이 다가오면 인계를 준비하며 그날 사건을 정리한다.

아주 단순하고 평화롭고 평범한 정리이다. 하지만 이 글에 다 담지는 못하였다. 수술 후 합병증으로 사망한 환자의 경우, 입원 동안 정신과적인 문제로 병실에서 사라진 환자도 있었다. 뼈 때리는 컴플레인과 환자 상태의 급격한 변화, 생각지 못한 실수로 멘탈이 후두둑 털리도록 혼났던 시간도 있다.

빠른 대처가 생명이었던 응급 환자를 처치하는 선생님들의 업무 스킬을 배웠던 시간, 환자와 즐겁기도 한편으로 애잔하기도 했던 대화시간의 추억이 녹아 있다. 외과병동에서 겪은 일이 하나씩 떠오를 때마다 생각한다. '외과병동 간호사 하기를 참 잘했다'고 말이다.

+ 05

의사 언니, 간호사 동생

나는 쌍둥이이다. 의사인 쌍둥이 언니와 나는 1992년 11월에 함께 태어났다. 당시에 우리를 임신하셨던 엄마는 입덧, 임신중독증으로 고생을 많이 하셨다. 아빠는 늦은 밤까지 일하시는 학원 원장님이셨다. 가족들은 쌍둥이인 우리가 의사가 될 줄, 간호사가 될 줄은 아무도 예상하지 못했을 것이다.

다만, 이모가 꾼 태몽에서 좋은 느낌을 받았다고 한다. 지인이셨던 교육청 장학사님이 커다란 먹는 배, 두 개를 큰이모에게 주시는 꿈을 꾸었다고 한다. 탐스럽고 큰 과일이 두 개인데다가 배가 뜻하는 것은 좋은 재물 운이라는 의미여서 앞으로 태어날 아이들에 대해 가족들은 희망을 품었다고 한다.

우리 쌍둥이가 자라는 동안 우리를 낳아주신 부모님 말고도 부모님의 역할을 해주신 친인척분들이 많다. 어린 시절에는 특히 할머니, 할아버지, 큰이모께서 우리를 많이 돌봐주셨고 키워주셨다. 엄마는 우리가 5세쯤 공주전문대학교 간호학과에 공부를 하러 가셨다. 엄마와 헤어졌던 어린 시절이 기억이 난다. 어린 마음에 나는 엄마의 빈자리 때문에 운 적이 많았다. 그래도 언니라는 제일 재미있고 말이 잘 통하는 친구가 있었다. 늘 의지가 되었다.

쌍둥이 언니와의 추억은 셀 수 없이 많다. 크게 다투기도 하지만 어떨 때는 최고의 위로와 응원군이 되어준다. 쌍둥이 언니 없이 나 혼자 태어났다고 하면 어땠을까? 상상이 잘 안 갈 정도이다. 언니와 동갑이지만 나는 나이 차이 나는 동생처럼 지내왔다. 언니는 장녀 역할을 해서 나보다 책임감이 더 많다.

언니와 나는 공통점이 많으면서도 많이 다르다. 일란성 쌍둥이답게 얼굴이 많이 비슷하다. 하지만 커가면서 각자의 개성이 많이 달라졌다. 가장 큰 공통점은 삶의 관심사나 가치관이 비슷한 점이다. 마음공부, 종교, 깨달음, 영성도서 읽기, 책쓰기 등에 관심도 많다. 무엇보다도 공통적인 관심사에 느낀 생각들 전부를 깊이 대화할 수 있는 사람이다.

인생에서 나의 가장 속 깊은 이야기를 나누는 소울메이트인 것 같다. 내가 행복하고 잘되었을 때 진심으로 기뻐해주는 사람. 어느 날 갑자기 마음이 울적하고 수치스러울 때도 언니에게 털어놓게 된다. 마음을 다해서 아픈 이야기도 들어준다. 티끌 한 점 없이 나의 속이야기를 나눌 수 있는 사람이 있다는 것은 정말 큰 행운이다. 나는 감사하게도 한날, 한시에 태어난 쌍둥이 언니가 그 사람이다. 늘 언니에게 고맙다.

쌍둥이 언니와의 가장 큰 차이점은 성격이나 취향에서 많이 갈린다. 언니는 어려운 상황이 와도 잘 참고 인내해서 위기 속에서도 능력을 잘 발휘하는 타입이다. 반면, 나는 좀 더 자유로운 분위기를 선호하고 다양성을 좋아하고 내가 하고 싶은 것은 하고 말아야 한다는 생각이 좀 더 강했다. 신기하게도 언니의 MBTI는 ISFJ(용감한 수호자형)이고 나는 INFJ(선의의 옹호자형)이다. S 성향은 좀 더 현실적이고 N 성향은 직관적이라고 한다. 실제로도 그런 것 같다.

쌍둥이 언니는 1분 먼저 태어났다는 이유로 언니의 타이틀을 받게 되었다. 나는 언니를 평소 언니 친구들이 붙여준 '성자'라는 별명으로 부른다. 성자라고 하면 위대한 그 성자를 생각할 수 있는데 이름이 성지인데 친근한 혜자, 숙자 같은 느낌을 더해서 성자라고 불리우는 것 같다. 언니와 나는 이렇게 어릴 적 절친 중의 절친으로 자랐다. 언니의 친구들이 곧내 친구가 되기도 했다. 간호학과 생활을 하면서 가장 큰 지원군은 쌍둥이 언니, 성자였다. 병원에서 환자가 입원하고 퇴원하는 과정 동안 생기는 일들, 의사들의 업무와 근무 환경, 병원의 직급 체계나 주요 질환에 대한 치료, 간호사와의 의사소통 등이 어떻게 이루어지는지를 잘 알려주었다. 언니에게 배운 것들이 참 많다.

각자의 자리에서 학업을 하며 시간을 보내다가 우리는 의료인으로 일하면서 병원에서 만나게 되었다. 평생 함께 시간을 보낸 쌍둥이 언니와는 병원에서 의사와 간호사라는 각자의 위치와 역할로 만나게 된 것이다. 나는 마이너 외과병동(안과, 이비인후과, 비뇨기과 등)에 있었기 때문에 내과를 전공하는 언니와는 실제 업무에서는 많이 만나지는 못했다.

언니에게서 대학병원에서 의사와 간호사의 의사소통, 의료인인 의사와 간호사의 업무의 차이점과 주된 역할 등에 대해서 어깨너머로 듣게된 적이 많았다. 그리고 실제로 병동에서 근무하면서 환자의 생명을 사이에 두고 그 누구보다도 치열하게 고군분투하는 두 의료인, 의사와 간호사의 관계에 대해서 경험하는 시간을 가졌다.

의사와 간호사는 병원 내에서 보이지 않는 미묘한 관계가 많다. 소통이 잘되고 손발이 잘 맞는 센스가 있다면 더없이 좋겠지만 의사는 의사의 업무에 바쁘고 간호사는 간호사의 업무에 아주 바쁘다. 그렇다 보니 의사소통의 마찰과 갈등은 피할 수 없다.

간호사와 의사의 관계는 환자의 생명을 살리고 지키는 팀워크를 가진 동료라고 생각한다. 의사도 간호사가 일을 잘 해주어야 자신의 이름 앞으로 입원한 환자가 자신이 설정한 치료 방향대로 처치를 받을 수 있다. 의사가 내린 오더를 그 의도에 맞게 잘 수행할 간호사의 역할 또한 정말 중요하다. 간호사 없으면 의사도 일을 못 한다.

간호사도 마찬가지이다. 의사의 결정, 의사의 한마디를 듣기 위해서 기다리는 환자들은 사실, 간호사보다 의사의 고견을 더 소중히 여긴다. 그래서 의사가 환자에게 치료적으로 원만한 관계를 잘 설정해야 한다. 또 전문적인 설명을 잘할수록 환자가 치료 및 간호를 받아들이는 정도가 갈린다. 무엇보다도 의사의 오더 없이는 간호사 자체로 환자에 대한 치료의 판단을 내릴 수 없고 내려서도 안 된다. 환자의 질병에 대한 진단, 검사, 치료 과정, 관리 등 모든 로드맵을 의사가 가지고 있다.

의사의 오더를 받는 입장에서 간호사는 아래, 의사는 위의 입장인 것처럼 보이기 쉽다. 하지만 의사는 간호사에게, 간호사는 의사에게 최대의 아군이자 적군이 될 수도 있다.

병원에서 근무할 때 환자의 생명을 다루기에 모두가 긴장감과 두려움이 공존하는 기본적인 감정이 깔려 있는 듯하다. 그래서 자신만의 방식을 고수하여 요구하기도 하고 그 틀에서 벗어날 때 호되게 욕을 하기도 한다.

시니어 선생님의 의사와의 한 사례가 떠오른다. 열심히 환자도 잘보는 선생님이었는데 촌각을 다투는 중환자실에서 근무 중에 굉장히 당황스럽던 일이 있었다고 들었다. 열심히 근무하고 퇴근 시간이 다가왔을 무렵, 내과 당직 전공의였던 3년차 선생님이 퇴근하기 바로 전 수혈 오더를 쫙 내버린 것이었다. 보통 수혈을 하게 되면 미리 수치에 대해서 담당 간호사에게 피검사 수치 뜨면 알려달라고 하거나 오늘 수혈해야 될 것 같다고 넌지시 일러준다. 그런 예고도 없이 갑자기 수혈 처방을 내면 간호사는 화가 날 수밖에 없다. 수혈을 위해서 준비해야 할 것이 많기 때문이다. 수혈동의서 작성 여부, 환자에게 삽입되어 있는 주사 게이지 확인, 활력 징후 체크, 진단검사의학과에 미리 혈액을 녹이기 위한 전화 등 다양한 준비를 한다. 이렇게 간호사의 퇴근 시간을 바쁘게 만든 이유에 대해서 물을 순 없지만 융통성 있는 배려를 해주었다면 그날 선생님의 오버타임은 없지 않았을까 싶다.

하지만, 환자를 정말 꼼꼼히 보는 의사의 경우 결국 간호사도 배우는 것이 정말 많다. 시간당 활력 징후를 체크해 달라고 하기도 한다. 그만큼 활력 징후가 중요하다는 점도 알게 되었다. 환자의 평소 습관이나 치료에 대해 얼마나 열린 마음을 가졌는지 알기 위해서 가장 가까이에서 환자를 아는 간호사의 의견을 소중히 여겨주는 의사도 있다.

간호사로서 나의 역할을 하기 위해서 안과 수술동의서에 오른쪽 눈 수술이면 오른쪽으로 수술 부위가 잘 표시되어 있는지, 정규 처방대로 의사가 루틴대로 처방을 잘 냈는지, 환자에게 들어가는 새로운 약은 왜 처방 났는지를 확인하는 등 적극적으로 일했던 시간도 떠오른다. 결국 환자의 질병이 나아서 퇴원하는 모습을 보면 의사와 간호사는 그 누구보다 행복하고 흐뭇한 사람들이다. 그 한 가지 목적을 위해서 땀을 흘리며 공부했고 또 병원을 24시간 지키기도 한다.

의사 언니, 간호사 동생은 그렇게 병원에서 환자를 살리는 의료인으로 함께 공부하기도 하고 병원 이야기를 많이 나누게 되었다. 병원의 속사정을 알면서 병원에 함께 열심히 각자의 역할을 하는 모습이 어느 순간은 기분이 좋고 뿌듯했다. 신규 간호사 초반에는 아무리 공부해도 기억도 잘 나지 않았고 중요한 게 무엇인지도 잘 몰랐다. 그래서 의사인 언니찬스를 참 많이 썼다. 수혈은 피검사 수치가 어느 정도일 때 수혈을 하는지 모를 때 언니에게 카톡으로 바로 물어보고 답장을 받기도 했다. 보통 내과에서 많이 쓰는 고혈압약, 당뇨약, 부정맥 약물 등에 대해서 잘 알려 주었다. 의사 언니는 나의 가장 소중한 소울메이트이자, 신규 간호사 적응기에 최고의 지원군이었다. 고마워, 닥터 박!

도망가기보다 잠깐 멈춰보세요

나는 오늘도 출근을 했다. 현재 지방의 모 대학병원의 심뇌혈관질환센터의 상근직 간호사로 근무하고 있다. 모든 직장인들의 비애이듯이 월요일 아침이 제일 힘들고 금요일 퇴근시간이 거의 첫사랑 마주친 정도로 설렌다. 인스타그램에서 유행하는 직장인의 정신승리법이라는 글을 읽었다.

〈직장인의 정신승리법〉
1. 9시부터 6시까지 힘든 약속이 있다고 생각하기

2. 돈 주는 피시방 간다고 생각하기

3. 외로운데 사람 만나러 간다 생각하기

4. 사회생활 감각 유지하러 간다 생각하기

5. 잠옷 잠깐 안 입는다 생각하기

6. 운동 가기 전에 회사 들른다 생각하기

7. 점심 먹으러 멀리 간다 생각하기

8. 시험 준비한다 생각하기

너무 공감이 되는 글이어서 미친 듯이 웃었던 기억이 난다. 특히 삼교대하는 간호사라면 조금 더 근무 환경이 강도가 높은 경우이다. 그래도 일을 잘하든 못하든, 그날 어떤 사람을 만나든지 간에 나는 직장인이라는 옷과 역할, 의무를 입었기에 나를 감춘다. 하지만 마음은 어딘가에 도망가고 싶다는 마음이 자리하고 있음을 발견했다.

병동에서 일할 때는 도망간다는 생각도 하지 못했다. 내가 해야 할 일이 간호사라고 생각하였고 세상의 모든 짐을 다 지고 가는 사람처럼 걱정하고 혼자 힘들어했다. 동기들에게도 나의 생각을 나누기보다 나는 괜찮다고 말했다. 감정도 흔들리지 않는 것처럼 보였을지도 모르겠다. 겉으로 아무렇지 않을수록 나의 내면은 그렇지 않았다는 사실을 늦게 알았다.

그래서 도망가고 싶을 때 듣는 곡이 있었다. 선우정아의 〈도망가자〉라는 노래이다. 밀려드는 업무와 지친 일상에서 벗어나고 싶은 많은 사람들에게 공감과 위로를 준 노래인 듯하다.

"도망가자
어디든 가야 할 것만 같아
넌 금방이라도 울 것 같아
괜찮아 우리 가자
걱정은 잠시 내려놓고
대신 가볍게 짐을 챙기자
실컷 웃고 다시 돌아오자"

신규 간호사가 되면 반드시 내가 좋아하는 일을 찾아야 한다. 나를 사랑하는 방법을 잊고 살면 내가 없어진다. 내가 없으면 병원일도 없고 간호사로서 우뚝 선 자랑스러운 미래도 결국 모래성 위에 집을 짓게 된다. 나를 지키는 것은 모든 것을 지키는 것이다.

자기만의 좋아하는 것을 꼭 찾자. 나는 병원 생활 동안 자존감이 많이 하락했다. 사랑을 채우기 위해서 '말'이 필요했다. 따뜻한 말, 힘나는 말,

위로의 말을 긴급 수혈받고 싶었다. 어른이 될수록 가족들, 친구들과 시간적으로 만나기 어려운 상황이 더 많아진다. 그래서 나는 병원에서 퇴근하면 바로 옆에 있는 도서관으로 도망치듯 달려왔다. 그날 하루 따뜻한 말을 읽지 않으면 내 입에 가시가 돋았다. 마음속에 박힌 가시도 보였다. 그 가시를 빼기 위해서 책을 읽는 것이 최고였다.

간호사로 일하게 되면 먹을 시간, 잘 시간, 화장실 갈 시간, 나 자신을 찾을 시간을 내놓고 병원 업무에 집중하게 된다. 간호학과 수업에서 교수님은 이런 말씀까지도 하셨다. 'Urine bag(소변 줄을 연결한 소변 주머니)을 차고 일하고 싶을 정도이다.' 하시며 농담을 하셨다. 간호학생 때는 그 말씀이 무슨 뜻인지 알지 못했다. 간호사로 일하면서 화장실을 갈 시간이 없이 바쁜 현실을 보고 그제야 이해를 했다.

간호사는 환자의 I&O check (input&Output:섭취량과 배설량)를 위하여 소변주머니와 연결된 소변백의 양을 체크해야 한다. 이에 대해서 내 환자를 돌보느라 나의 화장실 볼일은 체크하지 못하는 간호사의 웃픈 현실을 일하면서 알게 되었다.

간호사의 일상은 병원에서 일어난 일에 관한 대화로 가득하다. 친구도 간호사, 의사, 혹은 물리치료사 등 병원과 관련된 사람을 주로 만난다.

만나서 하는 이야기도 병원에서 있었던 일부터 생각이 난다. 그날 당신의 하루의 기분은 당신 앞에 펼쳐진 그 상황과 만난 사람으로 색칠된다.

사실 감정 그 자체는 잘못이 없다. 감정도 또한 나 자신이 아니기 때문이다. 내가 겪은 상황과 문제보다 '나'라는 사람이 더 큰 존재라는 사실이 있다. 나와 감정을 동일시한다는 말이 있다. 예를 들어 화가 갑자기 난다면 "I am angry."라고 말하는 영어식 표현을 보면 이해가 간다. '나는 화난 것 그 자체이다.'라는 말이다. 실제로 나는 그 상황과 감정에 동떨어진 존재인데 말이다. 순식간에 감정에 휩싸이고 그 감정이 나의 전부라고 인식하면 어마어마한 집착이 일어난다. 그래서 약 15초간은 침묵을 유지하라고 한다. 숨을 고르면서 그 상황과 나를 분리시키는 것이다. 그리고 화난 감정을 느끼면서 '지금 내가 화가 났구나.'라고 말해보는 것이다. 그러면 신기하게도 화난 감정의 수치가 조금 누그러진다.

부정적인 감정이 들면 알레르기처럼 반응이 올라온다. '울면 안 돼. 참아야 해. 사람들에게 친절해야 해.'라는 말로 스스로를 억누르기가 쉽다. 착한 직장인이 되도록 교육받은 아이는 그렇게 똑같은 존재가 되어 그 말을 하고 살 뿐이다.

도망가고 싶다는 생각, 감정을 충분히 느끼고 안아주는 여유를 가져보

자. 이 느낌에 대해서 나는 이원성이라는 표현을 가지고 설명하고 싶다. 최고의 하루와 최악의 하루 이 2가지를 비교하면서 나는 도망가고 싶은 나의 마음을 잘 다독여주었다.

신규 간호사를 하면서 나의 최고의 하루는 칭찬을 받고 일을 잘했다는 평가를 받았던 하루이다. 수간호사까지, 부장 간호사까지 갈 수도 있을 것 같다는 황송한 칭찬을 해주시기도 했다. 기분이 날아갈 듯이 행복했다. 내 존재가 남에게 인정받는 순간이 있어서 내가 존재할 수 있는 것처럼 느꼈다. 반면에 상반되는 감정도 느꼈다. 나는 그 칭찬을 들을수록 사실 부끄러웠다. 나 자신의 나약한 모습을 솔직히 알고 있었기 때문이다. 그리고 남들이 말하는 내가 아닌 내가 인식하고 내가 만드는 내가 되고 싶었다.

나의 최악의 하루는 많이 혼난 날이다. 아무리 열심히 일해도 티가 안 나는 그런 날이 있다. 좀 더 나은 일처리를 하도록 피가 되고 살이 되는 피드백을 많이 받았다. 오늘도 지적받은 것이 많다는 사실에 아쉬운 마음이 먼저 들었다. 하지만 그만큼 내가 일 잘하는 똑소리나는 간호사가 되도록 애정을 듬뿍 담은 배움을 받을 수 있는 것은 큰 행운이다.

정말 도망가고 싶으면 도망가라고 하고 싶다. 나의 생명, 나의 삶, 나 자신보다 소중한 것은 없기 때문이다. 하지만 자신과의 약속을 했다면 그 약속한 만큼의 시간은 채워보자고 말하고 싶다. 도망간다고 해서 그 이후에 만나는 천국은 없다고 생각한다. 내 마음이 지옥이면 어떤 천국을 안겨주어도 지옥으로 볼 것이 뻔하기 때문이다. 도망가고 싶은 마음을 충분히 안아주자. 도망가고 싶은 상황이 펼쳐지는 이유는 내가 그 마음을 알아주지 못했기 때문이다. 그 상황이 펼쳐지면서 내 안의 수많은 감정을 껴안아달라는 신호이다.

+ 07

지금까지 잘 살아줘서 고맙다

집 주변에 졸업했던 대학교가 있다. 몇 년 전만 해도 저 자리에서 실습복을 입고 실습을 했었던 나의 모습이 기억났다. 넓은 강의실에서 학생들로 꽉찬 강의실에서 강의를 들었던 일이 어제와 같이 느껴진다.

간호학과 학생들을 보면 내 모습이 떠오른다. 나도 저렇게 열심히 학교 다녔었는데⋯. 다리미로 빳빳하게 실습복을 다리고 모든 준비물을 가득 챙긴 가방을 메고 집을 나섰다. 그리고 종종걸음으로 학교 수업시간과 병원 실습에 늦기 않기 위해서 뛰어 다녔던 날들이 떠올랐다.

며칠 전에도 지나가다가 아는 후배를 만나 서로 안부를 물었다. 다가오는 국가고시 시험을 준비하는 후배의 얼굴은 밤에 잠을 자지 못해 다크서클이 가득 했다.

몇 가지 안부를 묻고 응원의 말을 건넨 후 헤어졌다. 후배들을 만났을 때는 할 이야기가 얼마나 많은지 모른다. 특히 후배들을 만나면 꼭 듣게 되는 질문이 있다. '임상이 많이 힘든가요?', '선배님은 어떻게 힘든 시간을 버텼어요?', '공부는 얼마나 해야 하나요?', '태움당해본 적 있으세요?' 등 궁금한 것이 참 많다. 나도 그랬다. 후배였던 나도 너무 간호사의 현실이 정말 궁금했다.

선배들이 하는 말을 반은 받아들이고 반은 거르라고 말하고 싶다. 선배들도 사실 성장 중인 사람들이다. 모든 말이 다 맞을 수는 없다. 무엇보다도 내가 직접 경험해서 나만의 생각과 경험을 체득하는 것이 가장 중요하다.

내가 직접 몸소 겪은 경험이 아니라면 남의 말은 남의 경험일 뿐이다. 나의 것이 아니다. 상대방은 나와 전혀 다른 사람이고 다른 성향이며 자라온 환경, 부모, 유전자 등 모든 것이 다르다. 같은 학과의 선배님이고 교수님이라고 할지라도 각자의 인생의 목적은 모두 다르다. 서울의 모 대학병원에 당당히 합격해서 거뜬히 다니고 있는 어떤 선배님을 훌륭한 선배로 이야기 듣겠지만, 당신은 그런 선배가 되어야만 하는 것은 아니다.

우리나라는 자살률 세계 1위 국가이다. 특히 젊은 층의 사망의 원인은 자살이 그 1순위를 차지할 정도이다. 자살은 언제 생각하게 되는 것일까? 바로 사방, 팔방에서 벗어날 1mm의 숨구멍 없이, 희망의 빛 한 줄기 없이 꽉 막힌 좌절의 생각에 갇혔을 때 일어난다. 최근에 서울의 모 대학병원의 20대 초반의 간호사가 기숙사에서 숨진 채 발견되었다는 기사를 접하게 되었다.

숨진 간호사의 경우에는 1년 동안 퇴사할 수 없고, 다른 병원으로 이직도 할 수 없는 상황이었다고 한다. 사직하기 2개월 전에 미리 이야기해야 하고, 이 특약을 지키지 않음으로 발생하는 불이익은 모두 당사자의 책임으로 못 박아놓은 최악의 노예계약이다. 시스템상으로 철저하게 궁지로 몰아넣은 것이다. 20대 초반의 꽃다운 친구는 대학병원 전쟁터에서 자신의 삶을 포기하는 것을 선택해버린 것이다. 너무 가슴이 아프고 눈물이 나왔다. 간호사로 일하는 사람들은 선·후배 할 것 없이 그냥 '나'처럼 느껴지기 때문이었다.

『나는 꿈꾸는 간호사입니다』의 저자 김리연은 우리나라의 병원 시스템에서의 변화가 필요하다고 말한다. 실제로 다른 나라와 달리 유독 우리나라 간호사의 자살률이 높은 이유는 개인적인 이유로만 치부할 수 없다.

우리나라 간호사의 근무 환경과 달리 미국 간호사의 근무 환경은 법적으로 간호사를 보호하는 시스템이 잘 갖추어져 있다. 저자 김리연은 간호법 제정, 간호사와 간호조무사의 명확한 구분, 근무 형태의 다양화, 초과 근무 수당 인정, 환자수 조정, 병원 물품 누락 관리 매뉴얼 마련 등에서 우리나라의 간호 현실이 바뀌어야 한다고 말한다.

개인적인 측면에서 위로와 공감의 말로만은 힘이 없다. 간호학과의 정원수를 늘려서 간호사를 많이 배출하는 것으로 병원의 시스템을 돌리고 있지만, 정작 간호사의 퇴사율과 이직율은 어느 직업 못지않게 높은 것이 현실이기 때문이다. 시스템이 바뀌어야 간호사가 제대로 숨 쉬고 일할 수 있는 환경이 마련된다는 의견에 나는 적극적으로 동의한다.

도대체 간호사의 자살은 왜 이렇게 자주 일어나는 것일까? 나의 첫 간호사 근무 부서였던 응급중환자실에서의 한 달간의 근무가 떠오른다. 사실 그때 공부도 제일 열심히 하고 열정적이었다.

하지만 업무의 강도와 환자의 중증도 사이에서 나는 프리셉터 선생님의 깊은 독설과 불타오르는 눈빛이 기억에 남는다. 어떻게 해서든 새로 들어온 신규를 적응시키고 교육시켜야 하는 선생님의 깊은 애정과 교육은 누구보다 남달랐다.

선생님과 편한 대화를 나누기도 전에 환자를 당장 살려야만 하는 거대한 책임 앞에서 당연히 다리는 후들거리고 심장은 쫄깃해질 수밖에 없다. 계속 나를 내리치는 환경에서는 여기서 당장 벗어나야겠다는 생각이 들지 않는다. 그냥 딱 '지금 내가 죽으면 모든 고통이 끝날 텐데.'라는 생각밖에 들지 않았다.

죽고 싶은 심정을 처음을 느끼게 되었다. 병원에서 근무하다 보면 자유로운 사고를 할 수 없다. 아무도 나를 묶지 않았는데 이미 나는 밧줄에 꽁꽁 묶인 사람처럼 몸과 정신은 긴장감으로 가득했다. 그래서 퇴근을 하고 나면 긴장감이 풀려서 허무하고 너덜너덜한 기분을 자주 느꼈다. 어느 날은 감정적으로 너무 무기력하고 두려워서 엄마에게 전화를 했다.

"엄마… 나 죽을 것 같아. 아니, 엄마 딸 그냥 죽어버리고 싶어."라고 말했다. 그날 엄마는 많이 충격을 받았던 것 같다. 마음이 약한 엄마에게 나약한 모습을 보여드린 것 같아서 지금 생각하면 너무 죄송스럽다.

그래도 재미있게 잘하고 있는 모습을 보여드렸어야 한다는 아쉬움도

크다. 하지만 그날은 엄마에게 솔직한 내 감정을 말할 수밖에 없었다. 엄마찬스밖에는 살 방법이 없었다. 엄마에게 말하지 않으면 어느 누구에게도 위로를 받을 수 없을 거라고 생각했다. 엄마는 간호사를 한다는 나를 반대와 걱정 없이 공부를 하도록 흔쾌히 지지해주셨다. 그런 엄마에게 나는 왜 또 나약한 말밖에 할 수 없는지 나 자신이 너무 밉기도 했다.

간호사로 일하면서 절망의 순간을 겪을 때 생각했다. 누구에게나 인생의 꽃이 피는 시기가 있다고 하는데 도대체 나는 언제일까라는 생각이다. 나의 20대 10년은 왜 이렇게 좌절스러운 감정에 휘청대야 하는지 모르겠다고 느꼈다. 그래서 나는 신규 간호사 시절 근무가 끝나면 도서관으로 달려가는 것이 나의 일상이었다.

책을 읽지 않으면 입 안에 가시가 돋는다는 말이 내 인생에서 정말 이루어졌다. 그날 병원에서 겪은 스트레스와 환자에게 해를 가해서는 안된다는 높은 긴장감 속에서 일했던 시간들로 인해서 내 입 안은 가시가 돋아 있었다.

사실 성격이 긍정적인 사람이고 간호사의 일이 자신에게 딱 맞는 사람들은 아주 즐겁게 일하는 모습을 볼 수 있다. 그 누구보다도 간호사로서 자신만의 고유한 성격대로 환자와 소통하며, 자신이 배운 경험을 능수능

란하게 사용하는 행복한 간호사들도 정말 많다.

아쉽게도 나는 노력이 필요했다. 좋은 감정, 긍정적인 말, 완벽하게 실수 없이 일하고 싶은 욕심으로 가득 찼던 나에게 좀 힘을 빼주게 하는 편안한 말들이 필요했다. 지금 당장 친구들도 바쁘고 가족들도 바쁜 상황이어서 나는 언제나 내가 원하는 대로 볼 수 있는 책을 선택했다.

그중 가장 기억에 남는 위로의 한 구절을 소개하고자 한다. 『지금까지 산 것처럼 앞으로도 살 건가요?』를 쓴 저자 김창옥의 글이다.

"네가 있어서 정말 기뻐. 지금까지 살아줘서 고맙다. 내가 널 안전하게 지켜줄게. 널 위해서 내가 항상 여기 있을게. 언제든 널 위해 시간을 낼 수 있어. 완벽하지 않아도 괜찮아. 지금 이대로의 너를 사랑해."

그 누구보다 많은 일을 겪었을 신규 간호사 당신에게, 오늘도 살아줘서 고맙다고 전하고 싶다. 그리고 수많은 시행착오를 겪어서 멋지게 날아오른 수많은 간호사 선생님에게도 고맙다는 이야기를 전한다.

부디 오늘 살아 있기에 아팠던 것임을 잊지 마시길 바란다. 그리고 작은 종이와 펜이 있다면 적어보자. 내 인생에서 가장 소중한 사람들의 이름을. 그리고 나에게 '잘했다, 오늘도 수고했다, 오늘도 잘 버텼다.'라고 위로의 말을 써보자.

작은 나이팅게일, 당신의 존재로 세상이 더 밝아지고 있다는 사실을 잊지 말았으면 한다.

3장

간호학생 이라서 고맙다

**간호사를
선택한**

**당신에게
꼭 전하고 싶은 말**

✚ 01

간호사가 되기 전 '나'를 알자

"나를 알고 남을 알면 백전백승이다."라는 말이 있다. 나는 이 말의 중요성을 깨닫지 못했다. 왜 나를 알아야 하는지도 몰랐다. 그저 학생으로서 주어진 간호학과 공부를 충실히 하면 되는 것이 아닌가 생각했다. 교수님이 말하는 중요한 교과서 내용을 받아 적고, 실습에서 오늘 하루 배웠던 사항을 정리하는 것만으로도 벅찼기 때문이다.

사실 단 기간에 나의 모든 것에 대해서는 알기는 어렵다. 하지만 나의 성향, 취향, 성격의 강점과 약점을 잘 안다면 감정적인 소모를 조금 줄

일 수 있다. 특히 내가 가진 특성의 양면성을 잘 보는 것이 좋다. 만약 내가 조용하고 차분한 성격의 소유자라면 차분하고 안정감을 주는 장점이 있을 것이다. 꼼꼼하고 성실한 특성도 있을 수 있다. 이러한 성격은 간호사로 근무할 때에도 도움이 되는 성격적인 강점이다. 아픈 환자는 병실에 누워 있을 때 자신을 처치하고 돌보는 간호사에게 눈길이 간다. 그 간호사가 차분하고 정확하게 자신에게 간호를 해줄 때 느끼는 만족감을 줄 수 있다.

반면으로 조용한 성격은 환자에게 강력히 교육이나 설명을 할 때는 조금 부족할 수 있다. 의료인이라는 위치에서 환자에게 카리스마를 가지고 치료 행위를 해야 될 때가 많다. 무작정 큰소리를 내는 것이 아닌 정확한 내용과 강력한 어조를 전달해야 하는 상황이 많다. 그때는 조용한 성격이 단점으로도 작용할 수 있다.

중요한 것은 나의 성격의 강점은 더욱 날카롭게 갈고닦아서 가장 강력한 무기로 만드는 것이다. 그리고 나의 단점은 부드럽게 안아주면서 보완해가야 할 부분인 것이다.

나는 항상 칭찬받거나 잘하려는 긍정적인 부분에 관심을 많이 가졌다. 지금도 칭찬받는 것을 더 좋아하는 내 자신을 발견했다. 하지만 나의 취약한 점이 나의 가장 큰 선생이자 지혜를 기르게 해주는 샘이라고 생각하기로 했다.

사람은 누구나 자신의 부족한 점, 못난 점, 남보다 못하는 것에 대해서 부끄럽고 수치스럽게 생각한다. 그리고 그것을 믿고 수치스럽게 느낀 부분을 해결하기 어려워한다. 자세히 나의 부족한 특성을 생각해보면 나 자신에 대해서 잘 모르고 관심이 없기 때문에 생긴 오해일 수도 있다. 내가 그렇게 정의 내렸기 때문이다.

나의 성격이 소심한 것이 나의 단점이라고 생각했다. 그러나 소심하기에 조심스럽고 행동이 과하지 않아서 실수를 줄이는 이득을 보았다. 나의 단점을 장점화시켜서 일을 할 때에도 '조심성'과 '꼼꼼함'을 극대화시켰다. 그래서 환자를 볼 때 환자의 아픔이 최소화되도록 최선을 다했다. 이렇게 나의 성격적인 단점을 보완하였다.

하지만 일상생활에서는 그렇지 못했다. 자유롭고 행복하지가 않았기 때문이다. 소심한 나는 실수하지 않을까, 누군가로 인해 내가 상처받지 않을까 노심초사하는 모습이 있다. 나의 이러한 모습에 나는 안타깝게 생각하고 있었다. 그리고 2가지 생각을 했다. 하나는 '상대방에게 나는 좋은 사람이라고 인정받아야 해.'라는 생각과, 다른 하나는 '피해를 주는 사람은 되지 말자.'라는 것이다.

사람에게 인정을 받아야 한다는 생각은 어떻게 보면 인정을 받지 못하면 사랑도 받지 못한다는 말이다. 상대에게 사랑을 받지 못하면 나는 무가치함을 느끼기 때문이다. 하지만 상대방의 존재는 '나'라는 모습을 비추는 거울이다. 상대방에게 인정을 갈망하는 나는 결국 내 스스로 나를 인정해주지 못하고 사랑하지 못한 결과라고 할 수 있다. 결국 내가 내 자신을 스스로 사랑하지 못하기 때문에 괴로울 정도로 누군가의 인정을 찾아 나서는 것이다.

그래서 인정받고 싶은 나의 마음을 확실히 안아주기로 했다. 그리고 남에게 인정을 받지 못해도 나 스스로에 대한 인식과 인정의 시간을 꼭 보낸다. '오늘도 내 자신에게 솔직한 하루를 보냈는가?'라는 질문을 해보는 것이다. 그에 대한 대답이 '아니.'라면 그때는 나와의 대화시간을 꼭 가져야 한다. 나는 거울을 보면서 나 자신과 대화하는 시간을 종종 가진다. 그때 충분히 어떤 생각과 말을 하든지 그것을 '괜찮다'고 말해준다. '잘했다.' 그리고 '오늘도 나의 최선을 다해서 기쁘다.'라고 말하는 것이다. 남들이 어떻게 생각하든지 다 자신만의 기준으로 재고 판단할 뿐이다. 이제는 '나'라는 사람의 생각을 '내'가 들어주고 소중히 여겨주어야 한다.

한편 상대방의 인정받으려 집착하는 것은 비워야 한다. 그렇다고 해서 상대방의 의견을 듣지 말아야 하는 것은 아니다. 지금의 나는 태어난 이후로 무수히 많은 사람들과의 상호작용에서 영향을 받아 만들어진 사람이기 때문이다. 상대방의 의견을 경청하는 것이 중요할 때가 있다. 나와 다른 새로운 관점에서 생각하고 느끼는 것을 전달받아서 성장하기 때문이다. 나를 객관적으로 보도록 도와주는 면에서는 상대방의 이야기에 귀를 기울여야 할 때도 있다.

'피해를 주지 말자.'라는 생각도 자주 하게 된다. 이 말은 카페에 갔을 때 유모차를 끌고 다니는 엄마들이 동생 옆에서 우당탕 큰 소리를 치는 첫째 아이에게 하는 말이었다. "○○야, 시끄럽게 하지 마! 여기 사람들한테 피해를 주면 안 되는 거야." 한참 시험공부를 하고 있던 나는 엄마의 잔소리를 듣고 풀이 죽은 아이가 기억이 난다.

남에게 피해를 주지 않는 것은 정말 양심적으로도 중요한 부분이다. 내가 당하기 싫은 것을 남에게도 하면 안 된다는 황금률의 말씀도 있다. 내가 대접받고 싶은 대로 남을 대접하라는 말고 비슷한 맥락이다. 나는 이 말을 듣고 생각했다. '내가 상처받고 싶지 않기 때문에 남에게도 상처를 주면 안 되겠다.'라고 말이다.

나는 상처받는 것을 싫어해서 조심스럽게 행동하는 편이다. 그래서 간호사로 일할 때 환자에게 주사를 놓는 것이 많이 두려웠다. 환자를 살리려고 하는 간호 행위인데 나의 실수로 혈관이 터지거나 신경이 건드려질까 봐 걱정했던 것이다.

상처를 주고받는 것을 싫어하는 나는 친절하게 대하는 것에 많이 치중했다. 친절한 말과 억양에 노력을 하다 보니 말의 내용에서 상대의 기분이나 상황을 구체적으로 배려하는 법은 잘 개발하지 못했다. 특히 힘들어하는 친구에게 "많이 아팠지. 네가 아프니까 나도 마음이 좋지 않다. 조금만 더 힘내."라는 공감이나 위로의 말을 주로 했다. 하지만 힘든 마음을 극복하기 위해서는 구체적인 방법이 필요한 것이다. 특히 아픈 환자에게는 더 그렇다. 환자의 아픔을 줄이기 위해서는 아픈 치료 과정을 감내해야 한다. 주사라는 치료의 과정에서 발생하는 고통은 환자든, 그것을 수행하는 간호사이든 감내해야 하는 점이다.

간호사가 되기 전에 대략적으로 나의 모습을 보자. 내가 어떤 사람인지. 어떤 상황과 사람을 만났을 때 드는 나의 생각과 감정을 잘 관찰해보자. 거기에서 강점과 약점을 분석해보자. 간호사로서 용기를 가져야 하는 순간에 '나'를 잃지 않으려면 내가 어떤 사람인지 알 필요가 있다. 간호사 생활을 하면서 대부분 '완벽주의'에 빠지기 쉽다. 약물의 이름, 용량, 심지어 소수점 하나까지도 정확히 체크하고 투여해야 하는 간호사의 업무는 완벽하게 소화하는 사람이 요구된다. 업무에 깊이 빠져들다 보면 일이 곧 나이고 내가 일이 되는 물아일체의 시간을 경험한다. 하지만 부디 내가 가진 고유한 성격에서 오는 특성을 이해하고 알아봐주는 시간을 꼭 가지길 바란다.

2019년도 수능 필적 확인란에 기재하는 문구가 화제가 된 적이 있다. 김남조 시인의 「편지」라는 시이다. 시의 한 구절인 "그대만큼 사랑스러운 사람을 본 일이 없다."라는 문장이다.

간호사는 존재 자체로 환자의 안녕을 위해 간호 처치를 하는 수호천사이자, 무한 전투력을 가진 용감한 전사이기도 하다. 간호사가 될 당신에게, 간호사인 당신에게도 같은 말을 전하고 싶다. "그대만큼 사랑스러운 사람을 본 일이 없다."라고 말이다.

✚ 02

왜 존버하는지 묻고 싶습니다

"존버는 승리한다."

우리나라 모든 학생들, 직장인들이라면 한 번쯤은 외쳐본 말일 것이다. 죽어라 버티면 결국 내가 원하는 것을 쟁취한다는 말이다. 하지만 나는 '존버'라는 말을 좋아하지 않는다. 왜 죽어라 버텨야만 하는지 그 말자체가 강박적인 표현이라고 느껴졌다. 나는 '존버'는 탄산음료인 콜라페트병을 마구마구 흔드는 행위라고 생각한다. 코카콜라 병을 마구 흔들어 놓으면 탄산가스가 꽉 찬다. 나중에 뚜껑을 열 때 내용물이 가스로 인해 폭발하게 된다. '존버'는 결국 원하는 결과를 내 안에 손에 쥔다고 하지만, 끊임없는 채찍질과 자극이 존재할 수밖에 없는 행동인 것이다.

임상에서 최소 1~2년만이라도 경력을 쌓으면 내가 원하는 곳으로 이직이 쉽게 되기도 한다. 대학병원에서 쌓은 경력은 후하게 쳐주기 때문이다. 어떻게 해서든 간호학과를 졸업해서 면허증을 따기 위해서도 존버해야 한다고 생각한다. 존버도 사실 필요하다. 하지만 그 이전에 왜 존버를 해야 하는지, 왜 그렇게 하고 싶은지 나만의 이유를 정확히 찾아야 한다.

우리는 학교에서 존버하면서 버티는 공부를 한다. 회사에서 우리는 돈을 벌고 경력을 쌓기 위해서 기계처럼 대우를 받는 일도 별스럽지 않게 여기고 이를 악물고 버틴다. 열심히 해도 돌아오는 것은 냉철한 피드백과 추가적인 업무, 지금 받는 돈보다 더 많은 일을 하도록 요구받는 일이 많다. 차라리 학생일 때가 마음이 정말 편하다. 공부만 하면 그래도 결과가 나오고 어떻게 해서든 인정을 받기 쉽다.

열심히 존버하면서 공부하는 이유는 무엇일까? 부모님의 기대, 나만의 꿈, 인정받고 싶은 욕구, 성공해서 돈을 벌고 싶은 목표 등 다양한 이유가 있을 것이다. 중요한 것은 치열하게 이 목표에 대해서 인식하고 받아들이는 것이다. 존버도 우리의 성장에 있어서 꼭 필요한 과정이 되기도 한다. 나는 간호학과 생활을 존버했다. 어떻게 해서든 취업을 해야만 한다는 절실한 목표가 있었기 때문이다. 경제적 자립만 삶의 주도권을 갖는 유일한 방법이라고 생각했다.

존버할 때 도움이 되는 명언이 있다. "하기 싫어도 해라. 감정은 사라지고 결과는 남는다."라는 명언이다. 이 명언은 간호학과의 3년의 편입생 생활과 신규 간호사의 하루를 버텨내게 해줬던 한마디였다.

누구나 가슴 속에 꺼지지 않는 불씨가 있다. 그 불씨는 바로 내 삶에서 강력히 이루고 싶은 욕망이라는 것이다. 욕망에 대해서 사람들은 부정적으로 생각하기 십상이다. '좀 더 겸손하게 살고 있어도 없는 듯 행동해라, 부자는 스쿠루지에 자기만 생각하는 이기적인 사람이다. 너는 그렇게는 되지 말아라. 돈보다 가치를 좇아야 해.' 등등 욕망에 대해서, 그 욕망을 이룬 사람들에 대해서 부정적이다. 사실 자신도 욕망이 가득한 사람이면서 말이다.

사람들에게 티 나지 않게 조용히 드러내지 않을 뿐이다. 인간이라면 누구나 하얗게 보이든, 시커매보이든 강렬한 욕망이 자리 잡고 있다. 돈을 많이 벌고 싶은 욕망, 성공해서 인정받고 싶은 욕망이 대표적이다. 병에서 치유받고 싶은 욕망, 살고자 하는 욕망, 이루고 싶은 작고 큰 소원

들은 결국 삶을 살게 하는 원동력이다. 사랑하는 사람들과 나누고 싶은 물질과 정신적인 소통, 그리고 거기서 느끼는 모든 감정과 만족감도 큰 원동력이 되기도 한다. 결국 대한민국의 모든 학생들과 직장인들에게 중요한 이 '존버'는 나의 삶에 대한 강력한 욕망의 단면을 보여준다.

간호학과를 다니면서 가장 기억에 남는 친한 동기가 있다. 그 친구는 고양이를 너무 사랑했던 친구이다. 동기는 사람을 좋아하고 자신의 삶을 스스로 개척하고 결정해서 행동하는 멋진 친구였다. 어느 날 동기가 했던 말이 기억에 난다. "언니! 저는 제가 사랑하는 고양이 잘 키우고 1~2년 대학병원 경력을 쌓고 원하는 곳에 정착하는 것이 꿈이에요."라는 말이다. 나는 그날 동기의 말에 굉장히 신선한 새로움을 경험했다.

누구의 삶에서든 소중한 것들이 있다. 그것이 사람이 되었든, 동물이되었든 중요한 것은 나에게 큰 동기 부여와 사랑을 주는 존재가 있다는 사실이 나를 '존버'하게 해준다는 사실이다. 가치 없는 것은 없다. 내가가치 있다고 느끼는 것이 있다는 것이 중요하다. 그것을 통해서 거기에서 공급받는 사랑과 힘은 나의 삶을 움직이는 큰 힘이 있기 때문이다.

나의 욕망을 이루기 위해서 우리는 쉼 없이 달리게 된다. 목표를 달성해서 느끼는 기쁨도 느끼고 성취감도 맛본다. 존버도 상승과 하강곡선을 잘 타야 정말 승리하는 존버가 될 수 있다. 상승할 때는 마음에 오늘 세운 공부의 목표나 프로젝트에 대해서 열정이 끌어올랐을 때 열정의 불에 기름을 붓는 말을 나에게 해주는 것이다. 나는 명언을 모으고 수첩에 필사하는 것을 참 좋아했다. 열정에 기름을 부어서 더 활활 타오르게 하기 위해서 여러모로 모았던 명언을 소개한다.

"가장 잘 견디는 자가 무엇이든지 가장 잘 할 수 있는 사람이다." - 밀턴

"아무 하는 일 없이 시간을 허비하지 않겠다고 맹세하라. 우리가 항상 뭔가를 한다면 놀라우리만치 많은 일을 해낼 수 있다." - 토마스 제퍼슨

"인생이란 결코 공평하지 않다. 이 사실에 익숙해져라." - 빌 게이츠

"끊임없이 갈망하고 항상 우직하게 나아가라. Stay Hungry, Stay Foolish." - 스티브 잡스

"지금이야말로 일할 때다. 지금이야말로 싸울 때다. 지금이야말로 나를 더 훌륭한 사람으로 만들 때다. 오늘 그것을 못 하면 내일 그것을 할 수 있는가?" - 토마스 아켐피스

상승곡선을 타고 열정적으로 공부와 일을 하고 나고 결과물을 만들면 어느 때보다 뿌듯하다. 하지만 매일 같은 에너지를 유지하는 것은 불가

능하다. 휴식과 자기 성찰의 시간인 하루와 일주일의 하강곡선을 잘 타야 한다. 하강곡선의 흐름을 탈 때는 부정적인 생각과 감정이 자주 들 때를 말한다. 이때 주의할 점은 부정적인 생각을 칼로 도려내듯이 없애려고 하면 안 된다는 점이다. 분노하고 울적한 생각과 감정이 든다면 그 감정을 충분히 알아달라는 나의 마음의 절박한 신호이다. 그 신호는 남이 아닌 내가 알아주지 않으면 언제나 또 다시 고개를 들이밀면서 마음을 그늘지게 만든다.

오늘 하루가 하강곡선일 때 자주 보았던 나만의 조각 모음집을 소개한다.

"만약 세상에 즐거움만 있다면 우리는 결코 인내하는 법을 배울 수 없을 것이다." – 헬렌 켈러

"우리는 언제나 안전하다. 그 무엇도 우리를 삶의 본질로부터 떼어놓을 수 없으며 삶의 시련들 또한 궁극적으로 우리의 성장을 위한 것이다."
–『윤회의 본질』, 크리스토퍼. M. 베이치

"인간사에는 안정된 것이 하나도 없음을 기억하라. 그러므로 성공에 들뜨거나 역경에 지나치게 의기소침하지 마라." – 소크라테스

"우리는 단 한순간도 빠짐없이 우리의 인식이 우리의 모습으로 정의내린 존재이다. 나는 '그것이 될 것이다'라고 외치지 말라. 그대의 외침 모

두를 현재에 두어 '나는 내가 원하는 모습이다'라고 주장하라." -『믿음으로 걸어라』, 네빌 고다드

존버하다 보면 하루가 어떻게 갔는지 정신없을 때가 많다. 나는 그때 수첩에 빼곡하게 적었던 명언을 읽으면서 마음을 위로하고 동기 부여했다. 친구와의 사소한 대화도 좋고 선배님이나 교수님을 찾아가도 좋다. 하지만 나 스스로의 마음의 힘을 길러야 하는 순간이 반드시 찾아오게 되어 있다. 그때 좋은 글만큼 나에게 힘을 주는 것은 없었다.

특히 간호학생일 때 의대생들의 학습량에 버금하는 이론 공부와 1,000시간의 실습 시간 등 버겁게 보이는 공부가 있다. 힘들다고 생각하면 힘든 공부이고 재밌다고 생각하면 재밌는 공부가 된다. 마음을 긍정적으로 할 때 즐거운 존버를 할 수 있다. 지금 여기에 간호학과 공부를 하고 있는 내 자신에게 잘했다는 위로와 칭찬을 해주자. 조금만 버티면 결국 지금 이 순간도 지나가기 마련이다. 무엇보다 배우려고 마음먹었던 나의 첫 결심을 지속하는 힘을 길러보자. 존버는 승리한다!

03

시험이라는 정글에서 살아남는 법

'내 인생은 왜 시험 인생일까?'

대학교를 졸업하기 전까지 매일 입에 달고 살던 질문이다. 중2병이 말하는 정말 웃긴 글이 있었다. "학생이라는 죄로 학교라는 교도소에서 교실이라는 감옥에 갇혀 출석부라는 죄수명단에 올라 교복이란 죄수복을입고 공부란 벌을 받고 졸업이란 석방을 기다린다." 너무 웃겼다. 중2병스러운 글이 한편으로는 슬프기도 했고 공감이 갔다.

학교에서 열심히 시험을 보는 쳇바퀴를 돌리다 보면 수동적인 나 같은 사람은 사회에 나가서 할 줄 아는 것이 많지 않게 느껴졌다. 공부만 하다 보니 사회성이 떨어지는 것 같고 성적이 낮아질까 봐 친구들에게 적대적으로 변하는 모습이 생기는 것도 발견했다.

어릴 적 학원 강사를 하시고 과외 선생님을 하셨던 아빠가 하셨던 말이 아직도 기억난다. 나는 그때 중학생이었다. 중간고사 시험에서 사회 과목을 80점 받았다. 시험지를 아빠에게 보여주고 틀린 것을 아빠가 설명해주고 고쳐주는 시간이 있었다. 아빠에게 나는 "아빠, 저 80점이나 받았어요!"라고 했다. 하지만 아빠는 "'80점이나'가 아니라 '80점밖에'겠지! 이렇게 쉬운 문제인데 100점을 맞을 생각을 해야지."라고 하셨다.

나는 그날 하늘이 무너지는 기분이었다. 나의 노력이 그저 물거품이 되는 기분이 들었다. 100점이라는 기준을 달성하지 못하면 99점이라도 못한 것처럼 느껴졌다. 그래서 항상 더 잘해야겠다는 강박관념과 오기를 가지고 생활했다.

성적을 못 받으면 부끄럽고 무가치함을 학습해서 성적을 잘 받도록 하기 위한 아빠의 의도를 지금은 이해한다. 하지만 앞으로 살아갈 나는 이제는 그 방법을 내려놓기로 했다. 조금 실수해도 다시 고쳐나가야 숨통이 트인다.

간호학과에서는 미생물학, 약리학이 너무 어려워서 도저히 외우는 것이 불가능했다. 스트레스를 받아서 질질 끌다가 방대한 양의 시험 범위에 주저앉아서 울기도 했다. 공부를 못 하고 하루 전날 벼락치기를 했던 적이 많았다. 하지만 그래도 살아남을 방법이 있었다는 사실에 감사하다. 초인적인 힘으로 포기하지 않았기에 그래도 다시 만회할 기회는 언제나 주어졌다.

나는 시험 기간에는 하루를 꼴딱 새서 벼락치기를 많이 했다. 벼락치기만이 나의 살길이었다. 길도 없고 우거진 숲 속에서 먹잇감을 찾고 잘 곳을 찾아야만 하는 정글 생활과 비슷했다. 어떻게 해서든 시험 문제집에 답을 쓰도록 해야 했고 남들이 말하는 공부 방식 말고 나만의 편하고 효과적인 방법을 취해야만 했다.

처음에 공부를 할 때는 A4용지에 무작정 목차를 쓰고 모든 핵심 노트를 만드는 데 시간을 많이 들였다. 무지개색의 형광펜과 온갖 색깔펜을 가지고 중요한 키워드별로 정의, 설명, 예시를 쭉 써내려가면서 공부했다. 사실 친구들과 옹기종기 모여서 스터디 그룹을 만들기도 하는데 나는 함께 여럿이 하는 공부는 도저히 집중이 안 되고 자꾸 대화만 나누게 되는 타입이다. 그래서 혼자 공부하는 쪽을 선택했다. 혼자 공부하면서 살아남기 위한 나만의 전략이 필요했다. 어떻게 하면 중요한 내용을 빠른 시간 안에 머릿속에 바를 수 있을지 고민했다.

시험이라는 정글에서 살아남기 위해서 나만의 3가지 벼락치기 공부 방법을 정하고 실천했다. 3가지의 공부법은 다음과 같다. 포스트잇 공부법, 되새김질 공부법, 카톡 공부법이 그것이다. 첫째는 포스트인 공부법이다. 시험에 주로 나오는 빈도 높은 개념을 포스트잇에 적고 걸어다니면서 보는 것이다. 교수님이 강조했던 개념의 키워드와 간단한 그림으로 설명을 해서 적어둔다. 아무리 외워도 헷갈리는 개념 위주로 공부하는 것이다.

두 번째 공부법은 되새김질 공부법이다. 기억하기 쉽게 하기 위해서 붙인 이름이다. 소는 위가 4개가 있어서 되새김질을 하면서 소화를 시킨다고 한다. 마치 소가 먹은 음식을 소화시키듯이 나도 많은 공부량을 소화시키려면 계속 되새기는 방법이 필요했다. 적어놓은 포스트잇을 한 번 본 후에 머릿속에 남은 키워드를 스스로 말해보는 것이다.

예를 들면 '5분 안에 정신간호에서 배운 방어기제인 억압, 동일시, 합리화에 대해 말하기'라는 미션을 정한다. 방어기제의 정의와 예시를 말해보기로 하고 스스로에게 설명을 하는 것이다. 설명을 할 때 정확히 할 수 있다면 그 개념은 나의 것이 된 것을 확인할 수 있다.

　세 번째 공부법은 '카톡 공부법'이다. 나는 손으로 써가면서 깜지를 하면서 공부를 했다. 그러다가 손목이 많이 아파서 컴퓨터로 타자를 치면서 공부했다. 오늘 타자로 친 공부 내용을 내 카톡에 보내놓고 아침에 일어나자마자 눈을 떴을 때 그 카톡 내용을 한 번 쭉 읽어보는 것이다. 그러면 어제 공부한 내용이 머릿속에 잘 떠오르고 기억도 오래간다.

　시험공부에 사실 진심이지는 못했다. 벼락치기를 잘해서 한순간의 시험을 모면하고 싶은 적이 많아서 찾았던 나만의 공부법이다. 효과적으로 하기 위해서 살아남기 위해서 누구나 가지는 공부 방법이 있을 것이다.

　시험이라는 정글에서 나는 시험을 왜 보는 것인지에 대해 이해가 먼저 필요하다고 생각한다. 삶을 살아갈 때 필수적인 언어, 문화, 산수 등 기본적인 공부는 필수이다. 내가 태어난 이 사회와 내 가족을 이해하고 함께 살고 사람이라면 스스로 서기 위해서 배운다고 생각한다. 그렇기 때문에 재미있고 즐겁고 기분 좋은 감정을 가지고 학습을 해야 한다. 내 삶을 풍요롭게 하기 위한 배움이므로 어마어마한 짐같이 느끼지 않는 것이 중요하다.

　간호학과의 시험은 사실 매주, 거의 매일 있다고도 할 수 있다. 보건 계열의 학과 공부는 지식적인 면에서 외우는 것이 중요하다 보니 끊임없는 퀴즈 시험과 평가를 받는다. 그렇다. 시험이라는 정글의 상황을 인지하고 여기에서 잘하려고 하기보다 중요하다고 말하는 점을 잘 이해하고 그것 위주로 공부하는 것이 좋겠다.

남들이 중요하다고 말하는 게 왜 중요한지 한번 생각해보고, 실제 일할 때 적용하는 핵심적인 부분을 알려고 하는 자세가 중요하다. 그리고 내가 좋아하는 과목부터 천천히 해보는 것이 좋다. 어렵다고 느껴지면 쉽게 할 수 있는 것부터 해결하면서 작은 성공을 이루고 성취감을 맛보자. 그러면 방대한 과목도 어느 순간 다 내 머릿속에 있는 경험을 하게 될 것이다.

시험이라는 정글에서 살아남기 위해서 정신력을 지키는 것도 정말 중요하다. 동기 부여와 나에 대한 위로를 해주는 시간을 갖는 것이 좋다. 나는 일기를 쓰면서 오늘 하루 있었던 일과 느꼈던 감정을 정리하는 시간을 가졌다.

시험은 나의 지식과 능력을 평가받는다는 느낌을 주기 때문에 긴장이 된다. 하지만 한 번에 한 가지 목표를 생각하고 집중한다면 무엇이든지 할 수 있다.

오늘 책의 페이지를 열면 또 다른 미래의 새로운 페이지를 맞이하게 된다는 말이 있다. 간호학과 시험이라는 정글에서 살아남게 되면 사실 더 넓은 정글이자 전쟁터인 병원에서의 실전 근무가 있다. 하지만 두려 워하지 말기로 하자. 간호학과 4년의 빠듯한 공부와 시간 싸움을 하면서 효율적인 공부를 했다면 간호사로서 충분히 근무할 자격과 능력이 검증 되었다는 의미이기 때문이다. 시험이라는 정글에서 살아남을 당신을 위해서 오늘도 시험을 준비하는 모든 학생에게 파이팅을 보낸다.

04

병원 실습 가기 전 마음 세팅

실습을 가기 전 마음 세팅에서는 무엇이 가장 필요할까? 나는 병원 실습을 가기 전날 잠을 편하게 자지 못했다. 잠을 잘 자기 위해서 따뜻한 우유도 마시고 편안한 음악도 들었다. 하지만 설렘 반, 걱정 반인 마음이 나를 잠을 이루지 못하게 했다.

병원 실습을 가기 전 보통 OT를 받는다. 어떤 친구들과 함께 팀을 맡았는지 체크한다. 이때 함께하는 동기들의 특성도 미리 파악해두자. 같이 밥 먹는 친구가 대학생활에서 제일 중요한 것처럼, 병원 실습에서도 같이 밥 먹는 친구가 제일 중요하다. 병원 실습은 보통 외과, 심장내과, 소화기내과, 신경외과 등 주요 파트에 먼저 배정된다. 학생 간호사도 간호사와 비슷하게 Day 실습을 가거나 Evening 실습을 가게 된다. 실습을 가기 전 준비물을 꼼꼼히 챙기는 것도 중요하다. 펜과 수첩, 시계, 포스트잇, 실습복과 명찰, 실습화, 머리망 등의 준비물을 챙기면 된다.

　병원 실습을 가기 전 마음 세팅은 나는 '모든 순간에 깊이 녹아들기, 그리고 집중하기'라는 하나의 문장을 가슴속에 품기로 했다. 병원 실습 1,000시간만 채우면 끝인 실습이다. 하지만 오늘 하루는 어제와는 완전히 다른 하루다. 또 다른 내일이 찾아오더라도 오늘 배우는 일, 만나는 사람은 오늘뿐이기 때문이다. 병원 실습에서 오늘 만나는 환자들과 겪는 상황도 집중하기로 마음먹었다.

　녹아들기와 집중하기라는 나만의 마음가짐을 가지고 간 그날 실습 장소는 내과계 중환자실이었다. 나는 병원 실습에서 중환자실 실습시간이 제일 떠오른다. 중환자실 특유의 냄새, 온갖 기계의 소리들, 환자들의 초점 없는 눈동자와 의식을 잃은 상태를 볼 수 있었다. 그곳에서 빠르게 환자의 상태를 파악하고 지속적으로 간호하고 있는 선생님들의 모습을 관찰했다. 중환자실은 인공호흡기, 소변줄, Patient Monitor(자동 활력징

후 측정기계), 위장관 튜브, 정맥을 통한 수액연결 라인, 인퓨전 펌프(자동약물투여기계) 등의 생명줄로 온몸이 연결되어 있다.

중환자실에서 수간호사 선생님이 냈던 과제는 자신이 맡은 대상자의 전반적인 상태를 그림으로 그려오는 것이었다. 그림으로 그리다 보니 어렵게 보이는 다양한 기계나 약물이 조금 쉽게 느껴졌다. 나의 대상자는 다양했다. 사고로 인해서 양쪽 무릎 위를 amputation(절단)을 받은 분, 폐암 말기로 생명을 유지장치로 기계적인 호흡을 하고 있는 분, 뇌출혈로 인해 의식을 잃고 누워 계신 분 등 다양한 환자분을 그려보았다.

중환자실 환자들은 최악의 건강 상태이기 때문에 스스로 호흡이나 의사소통이 불가능한 분들이 많다. 환자분들의 상태를 그림그려보면서 찬찬히 아픈 곳을 들여다보았다. 우리 몸의 기능을 하지 못하는 부분을 의료술과 간호처치가 그 생명을 유지하도록 돕고 있었다.

간호학과 공부를 열심히 하고 간호 지식, 의료 지식을 외우고 시험 봐야 하는 상황이다. 하지만 그 안에서 질병과 싸우고 환자를 지키는, 환자는 또 낫기 위해서 힘을 내는 모습을 보고 생명을 살리는 직업의 소중함을 다시 한 번 느끼는 시간이었다.

중환자실 실습을 하면서 심장 박동이 멈춰서 CPR을 하는 장면도 보았다. 담당 간호사 선생님이 환자를 가볍게 확인하던 중 갑자기 "야, 플랫(flat : 심전도에서 심장이 멈췄을 때 보이는 상태)이야! 당장 CPR 방송쳐!" 하면서 환자의 가슴에 CPR을 시작했다.

CPR 방송을 하면 병원 내에 있는 모든 인턴들이 CPR이 난 곳으로 몰려든다. 손을 바꾸어가면서 CPR을 계속 한다. 보통 DNR 환자(소생술포기환자)에게는 심장이 멈추면 더 이상의 심폐소생술을 하지 않는다. 하지만 실습에서는 DNR 환자가 아니어서 30분이나 CPR을 지속했다. 그때 보호자의 울부짖는 울음소리를 처음으로 들었다. 장례식장에서나 들을 법한 그 울음소리는 듣는 내내 가슴이 너무 아팠다.

CPR 상황에서는 심장박동수를 높이는 약물이 계속 주입된다. 벌서 약물이 네 개의 앰플이나 까여져 있었고 복수로 가득 찬 환자는 가슴이 깊이 패이듯이 CPR 처치를 받고 있었다. 병원 실습을 하면서 집중하기로 했던 나의 마음 그대로 그 상황에 깊이 집중을 하다 보니 아직도 그 장면이 생생한 영화처럼 재생된다.

환자를 면밀하게 살폈던 간호사 선생님의 예리한 관찰력으로 환자의 심박동이 멈췄다는 사실을 바로 알아채는 그 순간이 너무 중요한 것을 배우는 시간이었다. 환자의 심장이 멈춘 뒤 골든타임을 지켜야 환자가 다시 소생할 가능성이 높아지기 때문이다.

또 기억에 남는 중환자실에서의 장면은 수간호사 선생님과 함께 환자 상태를 파악하는 시간에 벌어졌다. 그때 지나가던 중환자실 과장님의 말이 기억이 난다. 우리는 학생 간호사로 할 일은 병실의 환자를 observation(관찰)하는 시간을 갖는 것이 일이다. 사고로 인해서 양쪽 다리를 amputation(절단, 절단 수술)하신 환자분이 계셨다. 우리는 환자분을 뚫어져라 보지는 않았지만 환자 곁을 지키면서 필요한 요청 사항이 있을 때 즉각 반응하기 위해 옆을 지키고 있었다. 그러던 중 지나가시던 내과중환자실 의료과장님이 학생 간호사들을 보고 수간호사 선생님에게 한 말씀을 하시는 것이었다.

"환자가 무슨 동물원에 동물이야? 지금 이 학생들은 환자 옆에서 도대체 뭐하고 있는 거야?"
"…"

수간호사 선생님은 그 순간 아무 말씀도 없으셨다. 우리는 사실 죄송하다고 말하는 죄송한 일을 하지 않았다. 하지만 교수님의 눈에는 '환자의 입장'이라는 관점이 중요했던 것이다. 수간호사 선생님은 학생 간호사를 교육하고 환자의 상태를 파악하도록 공부하는 기회를 제공하는 것이 의무이자 권리이다. 그런 상황에서도 학생 간호의 교육권이 침해당하지 않도록 지켜야 하는 일을 하고 계신 것을 알게 되었다.

수간호사 선생님은 "앞으로 주의하겠습니다."라는 한마디로 상황을 정리하셨고 의료과장님은 걱정 섞인 한숨과 함께 사라지셨다.

병원에서 실습하다 보면 다양한 관계를 관찰하고 배울 수 있다. 의사와 간호사의 관계, 의사와 환자, 간호사와 환자의 관계, 특히 병풍 같은 학생 간호사도 그 사이에서 병원 사람들의 이야기를 듣게 되는 것이다. 환자를 지키는 간호사에게는 외로운 순간도 찾아올 때가 많다. 그래서 좀 더 상황에 녹아들고 집중하지 않으면 안 된다. 환자가 잘되는 방향으로, 간호사로서 간호 처치가 수월하게 이루어지기 위해서 환자와 간호사인 나 자신 둘 다를 지켜야 하는 순간을 만나게 된다.

학생 간호사의 실습 시간은 1,000시간을 채워야 끝난다. 실습을 하면서 발에 물집이 잡히기도 하고 오랫동안 서 있어서 지루할 수도 있다. 하지만 병원에서 일어나는 일에서 그날 배울 수 있는 공부는 너무 많다. 간호학과의 전공 공부 이외에도 환자의 이야기, 일을 빠르고 정확하게 하는 선생님들의 대처 방법, 의사와의 의사소통, 환자와의 의사소통 등 다양한 분야에 대해서 배울 점이 많다.

　학생 간호사의 하루는 바쁘다. 질병에 대해 연구하는 과제, Case Study, 팀별 과제, 의학 용어 시험 등 다양한 과제로 하루가 가득 차 있다. 그렇지만 병원 실습을 가기 전 나만의 마인드 세팅의 한 줄을 정해보자. 나의 한 줄은 '모든 순간에 깊이 녹아들기, 그리고 집중하기'였다. 동기 부여를 가장 잘할 수 있는 한 줄을 가슴속에 품고 병원 실습을 향해보자. '할 수 있는 만큼 하자', '오늘도 존버하자', '좌절금지' 등 어떤 긍정적인 말이라면 다 좋다. 당신의 마음속에 가장 깊이 와닿는 말 한마디. 병원 실습을 가기 전 필수 준비물이라는 것을 기억하자.

✦ 05

조금 더 당당해져도 괜찮아

학생 간호사는 병동에서 실습을 하면서 느끼는 감정이나 학생 간호사의 처지를 말하는 표현이 있다. '병풍', '우주의 먼지' 등이 그것이다. 학생 간호사라면 한 번쯤 들어보았을 것이다. 누가, 언제부터 이 표현을 썼는지 모르지만 처음 들었을 때는 정말 웃음이 났다. 왜 귀한 집 자식들이 병풍이, 먼지가 되어야 하는지 처음에는 이해가 안 갔다. 그리고 나 자신을 그렇게 표현하고 싶지 않았다. 자조적으로 간호학생인 나 자신을 초라하게 만드는 웃기기도 하고 슬프기도 한 표현이다. 하지만, 실제로 병원에 가서 그 말 그대로 병풍같이 서 있기만 할 때가 정말 많기 때문에 붙여진 별명이라는 것을 실감했다.

　병원 실습을 하면서 학생 간호사는 실제적으로 간호 행위를 할 수는 없다. 아직 면허증이 없기 때문이다. 학생의 신분이지만 간호사 및 간호학과 교수님의 지도·감독하에 보조를 할 수는 있다. 하루는 응급실 실습을 도는 중에 전날에 먹었던 저녁이 탈이 나버렸다. 그래서 심한 장염에 걸리고 말았다. 한참 유통되는 케이크 식중독이 유행했던 시기였다. 갑자기 실습 기간에 아프게 돼서 실습이나 과제도 할 수 없는 상황이었다. 몸이 아프면 정신력도 약해지게 된다. 그래서 수간호사 선생님께 바로 말씀을 드렸다. 바로 소화기내과 진료를 예약 없이 첫 번째로 보게 해주시는 배려를 받았다. 장염에 걸리면 수액 치료가 우선이다. 그래서 응급실 베드에서 수액을 맞으면서 2시간 정도 누워 있었다.

　그때 나는 느꼈다. 그래도 먼지 같은 학생 간호사에게도 도움의 손길을 주시는 것 말이다. 물론 계속 누워 있을 수는 없지만 한 명의 학생이라도 안전하게 공부를 배울 수 있도록 배려해주시는 학교와 병원에 감사한 적도 있다.

　당당해지기 위한 나만의 주문은 그 말 그 자체였다. '당당하자'는 말이다. 하지만 말뿐이라면 그 어떤 힘도 가질 수 없다. 내가 도달하고 싶은 목표가 있다면 그 목표를 진심으로 사랑하고 이루려는 노력을 해야 한다. 모르면 더 두렵다. 알고 있으면 알고 있어서도 조심할 것이 생긴다. 하지만 나의 노력을 통해 모르는 상태에서 아는 상태로 가는 것이 중요하다고 생각한다. 실습을 할 때는 직접 간호를 수행하는 시간은 아니다. 하지만 간호사 선생님들의 간호 처치를 머릿속으로 시뮬레이션해보고 내 것으로 만들 수 있는 최고의 기회이다.

한 분야에서 능통하려면 1만 시간이 필요하다고 한다. 하루에 1시간씩 27년이고, 하루에 4시간씩 7년, 하루에 10시간씩 투자한다면 3년이 걸리는 시간이다. 우리는 간호학을 4년 동안 배우면서 간호사라는 자격 조건을 위해서 많은 시간을 투자한다. 하지만 간호사 면허증을 따고 나서 새롭게 교육을 배우면서 또다시 배워야 한다. 배우는 시간이 길수록 마음은 지치고 자존감이 흔들릴 수도 있다. 내가 하는 공부에 대한 확신과 간호사로서 나의 능력에 대해서 고민이 될 때는 '당당함'이라는 무기를 가가는 것이 최고의 방법이라고 생각한다.

공장의 톱니바퀴가 있다고 치자. 톱니바퀴는 큰 것부터 작은 것까지 치밀하게 연결되어 있다. 작은 톱니바퀴가 빠지면 큰 톱니바퀴에 영향이 반드시 간다. 학생 간호사의 위치마저도 그렇다고 생각한다. 내가 소속되어 있는 곳을 대표하는 얼굴이 될 수 있다는 생각을 가지며 나의 얼굴이 곧 병원을 대표한다고 생각해보자.

나는 내가 일하는 병원의 대표자라는 생각으로 일했다. 비록 실수투성이에, 겁이 많아서 조심스러운 간호사였지만 말이다. 환자가 아픈 현실에서 벗어나도록 치료를 받고 웃으며 병원을 나가도록 돕는 다는 사실이 나의 자존감을 많이 올리도록 했다. 환자를 가장 가까이에서 만나고 소통하는 사람은 간호사이다. 환자 한 사람에게는 그 간호사의 얼굴, 간호사의 태도, 간호사의 처지의 능숙함이 그 병원을 대표하는 순간이 되기마련이다.

당당해져도 괜찮다고 말하고 싶다. 특히 실습생은 연습을 하는 단계이다. 그래서 모르는 것이 당연하다. 아무리 경험해서 간호 술기를 행하고 환자에게 설명을 잘해도 한 번씩 실수도 할 수 있기 때문이다. 중요한 것은 실수에서 배우려고 하는 태도이다. 무작정 당당해서도 안 된다. 근거가 있는 당당함이 간호사에게 필요하다. 그리고 언제나 내가 알고 있는 지식과 경험에 대해서도 확신도 필요하지만 의심도 필요하다. 틀릴 수도 있다는 여지도 있기 때문이다. 언제나 균형과 조화로운 당당함이 우리에게 필요하다.

응급실 실습에서 한 사례가 떠오른다. 교통사고로 인해서 갈비뼈가 부러진 환자가 입원하였다. 폐를 감싸는 흉막에 피가 고인 것이다. 흉막에 피가 차면 바로 그 고인 혈액을 빼주는 처치가 들어간다. 응급의학과 교수님께서 환자의 옆구리에 CTD(Chest tube drainage)를 삽입하는 장면을 observation(관찰)할 수 있었다. 환자에게 리도카인이라는 부분 마취제를 50mL의 굵은 주사로 주입하고 신속하게 CTD와의 연결관을 삽입하였다. 그때 담당 간호사 선생님은 교수님의 처치를 assist(보조, 도움)를 서고 계셨다. 교수님이 처치에 필요한 도구를 즉각 알아차리고 손에 제공하였다. 교수님과 담당 간호사 선생님의 호흡은 그 누구보다도 정확하고 빨랐다. 환자를 살리려면 준비된 의료인의 자세를 그 두 분의 호흡으로 간접 경험할 수 있었다.

생명을 살리는 일은 일의 중요도가 높은 업무에 속한다. 그리고 우리나라의 현실은 간호사의 수요가 높다. 간호사의 이직율이 높고 퇴사율도 높다 보니 이 문제를 해결하기 위해서 간호학과의 정원을 늘렸다. 그래서 매년 졸업하는 간호학과 학생들의 인원으로 신규 간호사의 인원을 채우고 있는 실정이다. 하지만 신규 간호사의 많은 수가 1~2년 안에 사직이나 이직을 고민한다.

졸업학년인 4학년일 때 교수님의 질문이 기억난다. "어떻게 해주면 병원에 오래 다닐 거예요?"라고 학생들에게 물어보셨다. 의사와 달리 간호사들은 직급 승진이 눈에 보일 정도로 빠르지는 않다. 의사는 인턴 2년,

전공의 약 3~4년을 지나고 병원에 나가게 된다. 병원에 교수 쪽으로 진로를 정하게 되면 펠로우의 직급으로 올라가게 된다. 반면 간호사는 1년차, 2년차 등 N년차 간호사로 일하게 된다. 그리고 병동에서 승진시험이나 고과에 해당이 되면 책임 간호사를 넘어 수간호사의 직급이 있다. 그렇다 보니 의사와는 다르게 업무의 범위나 위치의 상승 폭이 적은 것이 사실이다. 그래서 교수님은 간호사에게도 연차가 올라갈수록 훈장을 부여하거나 전담 간호사 제도를 활성화하여 직급에 대한 보상과 대우가 달라질 필요가 있다고 하셨다.

나도 이에 동의한다. 간호사는 경험으로, 술기로, 실력으로 그 능력을 보여준다. 능력을 인정하는 직급에 대해서 공공연하게 인정해주는 시스템이 있다면 간호사의 이직률이 좀 낮아지지 않을까 싶다. 그렇다면 간호사를 꿈꾸는 학생 간호사들에게, 이제 막 일을 시작한 간호사들에게 시스템적으로 당당할 수 있는 기반을 제공할 수 있지 않을까 하는 생각도 든다.

일단 간호사가 되기로 선택한 당신에게 또 하나의 뻔한 소리를 하는 것 같아서 미안하다. 왜 우리는 마음도 단단하고 몸도 단단하고 머리도 좋아야 하는 만능 치트키가 되어야만 하는 것일까. 이렇게 긴 글을 써가면서 당신에게 당당하라는 말 한마디를 전하고 있는 것일까. 당당하기 위해서 이 긴 글을 다 읽을 필요는 없다. 하지만 당당해도 괜찮다는 다짐을 한번 해보는 것이 좋겠다. 당당함은 나 자신을 지키는 중요한 느낌이기 때문이다.

'내가 없으면 병원은 안 돌아가! 나는 정말 필요한 존재야!'라고 말해보자. 사실이기도 하고 아니기도 하다. 간호사의 전문성을 가진 당당함이라는 근육이 나와 당신에게 필요하다. 나는 당당하지 못했던 적이 아주 많다. 환자 파악이 느리고 처치가 미숙했기 때문이다. 내 자신스스로 부족하다는 생각으로 가득 찼었다. 실수를 너무 많이 한 날은 병원에서 내자리에 앉아 있는 것만으로도 부끄러운 적이 있었다. 그럼에도 불구하고 우리는 간호사 면허증을 가진 당당한 의료인이라는 사실을 잊지 말자. 보건복지부에서 우리의 신분과 권리, 의무를 보장해주고 있다. 그렇기 때문에 간호사로서 나의 업무를 제대로 배우고 제대로 수행해보자. 학생 간호사님, 병원의 얼굴로 오늘도 자신의 자리를 묵묵히 지키고 있는 간호사 선생님들. 모두에게 당당한 나 자신을 찾기를 응원한다.

06

나는야 우리 가족 건강 오지라퍼

나의 성격은 오는 사람 막지 않고 가는 사람 잡지 않는 성격이다. 특히 영문학과를 다니면서 미국에서는 개인주의를 뜻하는 말인 'Non of your business(당신이 상관할 바가 아니다)'라는 말을 좋아했다. 흥미나 가치관이 다른 사람에게는 나의 에너지를 쏟아봤자 의미가 없다고 느껴, 상대방이나 특정한 일에 무관심한 성격이었다. 하지만 간호학과에 오고 나서 많은 것이 달라졌다.

전공 수업을 들으면서 가족들이 많이 생각났다. 성인간호학 수업시간에 강직성 척추염이나 류미티스 관절염 부분이 나오게 되면 그 질환으로 여러 해를 앓아오신 지인이 생각났다. 척추 질환 파트 범위를 배울 때는 허리 통증으로 힘든 일상을 보내는 친구가 떠올랐다. 그 질환이 왜 생겨났는지 원인, 진단 기준, 검사, 치료 및 간호 방법, 일상생활 관리 등에 대해서 공부할 때 생생하게 와닿고 더 이해가 잘 갔다.

과외 선생님 생활을 접으시고 귀촌하신 아빠는 소도 키우시고 농사를 지으셨다. 어느 날 날카로운 낫에 베어 손등 부분이 깊이 파였다고 하셨다. 뼈가 살짝 드러날 정도로 깊은 상처여서 정형외과에 가서 몇 바늘을 꿰맸다고 하셨다. 미리 파상풍 주사 맞아야 되는 상황인데 맞지 않으셨다. 파상풍의 증상으로 목과 턱근육이 마비되는 위험한 질환이다. 다급하게 언니와 함께 아빠를 모시고 파상풍 주사를 맞춰드리고 왔던 기억이 난다.

간호사에게 맞는 성격이라고 한다면 '오지라퍼' 같은 성격인 사람에게는 참 좋은 직업이라고 생각한다. 사람에 대한 관심도 많고 왜 아픈지, 아픈 것을 해결하기 위해서 평소에 가져야 할 생활 습관에 대해서 말하는 것을 좋아한다면 간호사라는 직업을 강력히 추천한다.

오지라퍼는 과도하게 상대방에게 관심을 가지는 특성이 있다. 하지만 간호사는 환자에게 자세하고 면밀하게 관심을 가질수록 환자에게 좋은 간호사가 될 수 있다.

하루는 친척어른을 만난 날에 처음으로 치료적인 내용을 종이에 적어서 설명을 드린 경험이 있다. 우선 나는 '스트레스 받지 않고 행복하기'가 중요하다고 했다. 스트레스를 받지 말라는 것은 사실 불가능한 말처럼 들린다. 보통 사람에게는 스트레스라는 자극이 없다면 성장도 없고 좋은 자극을 받을 수 없다. 하지만 신체적으로 취약한 사람의 경우는 스트레스는 치명적이다.

보통 스트레스를 받으면 몸 안에서 아드레날린이라는 호르몬 수치가 증가한다. 이 호르몬은 좀 더 생존에 빠르게 반응하도록 돕는 호르몬이다. 심박동수를 올리고 근육을 긴장시키고 동공을 확대한다. 위험 상황을 극복하도록 에너지를 주기 위함이다. 근력과 집중력이 향상되는 것이다. 하지만 과도하게 이 호르몬에 많이, 자주 노출되게 되면 신체 내 활성산소가 많아지고 면역력이 떨어지게 된다. 특히 혈압이 높아지고 정서적으로 걱정과 불안 수치도 높아지게 된다.

정신적인 스트레스는 특히 척추협착증과 같이 이미 취약해져 있는 사람에게는 곧바로 취약한 부분인 허리의 신체적 통증이 증가하게 된다.

그러면 통증이 생겨 또다시 스트레스 상황에 놓이는 악순환의 고리를 반복하는 것이다.

간호학과의 장점 중 하나는 건강에 대해서 가족들과 친구들을 케어해 줄 수 있다는 점이다. 질병 및 간호에 대해서 다방면으로 배우게 되므로 유용한 건강 정보 및 전문적인 치료와 일상생활 습관 등에서도 잘 알게 된다. 이러한 사항을 가족에게도 전달할 수 있다는 사실이 정말 뿌듯했다.

가족의 건강을 염려하기 이전에도 나의 건강에 대해서도 돌아보는 시간을 가졌다. 간호학과 공부를 하면서 다양한 질병을 공부하다 보면 어떻게 나는 이 질환에 다행히 걸리지 않았는지 신기했다. 지금까지 어떻게 큰 병에 걸리지 않고 살아온 것이 기적같이 느껴지는 순간이 있다.

특히 아동간호학을 배우기만 해도 아동은 이미 엄마의 배 속에서 새로운 생명을 가지면서부터 수많은 위험 요인에 노출된다. 나의 경우는 쌍둥이였기에 쌍둥이 임신은 임신성 고혈압, 임신성 당뇨, 과다출혈, 조산의 위험성 등 다양했다. 그럼에도 불구하고 건강하게 낳아주신 엄마에게 무한 감사하는 마음이 생겼다.

아이를 임신하면 아이가 기형으로 태어나진 않을까 걱정되기 시작하는 것처럼 부디 건강하게만 자라달라는 부모님의 마음이 순식간에 떠올랐다. 내 아이의 신체적·정신적 결함의 여부라든지, 살아가면서 발생하는 위험한 사고에 노출되지 않을지도 걱정된다. 갑자기 원인을 알 수 없는 희귀 질환이 발병하는 등의 경우도 있다. 아동간호학에서 다루는 다양한 질병의 사례를 보면서 어떻게 지금까지 생존해왔는지 신기했다. 살아남은 나 자신에게 박수를 쳐주자.

또한 가족들이 가지고 있는 질병력, 과거력, 수술력에 대해서도 파악해보면 좋다. 간호학과 전공 공부 중에는 가계도를 가지는 시간이 있다. 우리 가족에 대한 가계도를 그려보면서 몇 년도에 어떤 사건이 있었는지, 건강에서 어떤 특징이 있는지 파악해두면 아주 유용하다. 내 가족의 건강트리를 만들어서 공부해보면 나중에 환자를 파악하거나 공부할 때 도움이 된다.

예를 들면 어떤 가족의 할아버지, 할머니 세대에 고혈압이나 당뇨가 있다면 그 자식 세대에도 비슷한 질병에 노출될 확률이 높아진다. 특히 고혈압을 앓았을 경우, 스트레스, 비만, 과식, 짠 음식을 과다 섭취 등의 위험 요인에 노출되면 쉽게 고혈압에 걸리게 된다. 그러므로 부모님 세대에서 겪은 질환이 있다면 나의 세대에서는 그 질환에 걸리지 않도록 특히 조심해야 한다. 특히 대장암이나 자궁 질환, 유전병 등의 경우에는 가족력을 확인하는 것이 아주 중요한 질환들이다.

대표적인 유전병으로는 삼성가의 유전병인 '샤르코마리투스 병'이 있다. 부모 중 어느 한쪽에게서라도 물려받으면 발생하게 되고 아직까지 치료제는 없는 유전병이다. 사람의 유전체에는 운동신경과 감각신경에 관여하는 무수한 유전자가 있다. 이 유전자들에서 몇 개의 돌연변이가 발생하여 운동 및 감각신경이 손상되는 유전병을 말한다. 팔다리 근육이 약화되거나 감각이 소실되고 팔다리가 변형되는 증상이 있다. 그래서 재활 치료를 받고 보조 기구를 사용하거나 교정 수술을 받기도 한다.

실제로 호텔 신라의 회장인 이부진 회장의 손가락 사진을 보면 그녀의 손가락 중 일부(가운데손가락)가 짧은 것을 볼 수 있다. 이렇게 재벌도 어쩔 수 없는 부분은 유전적으로 내려오는 질병에 대해서는 피할 수 없는 부분이 있다. 이렇게 건강에 대해서는 인간 누구에게나 절대적으로 중요한 부분이다.

나와 내 가족의 건강을 지키기 위해서 다시 한번 간호학과에 와서 배우는 공부에 대해 새롭게 받아들이기로 했다. 사실 돈을 지불하고 어떤 서비스를 받으면 쉽다. 부자가 되어서 병원에 다니면서 병원 서비스를 잘 받으면 되는 것이라고 생각하지만, 결국 나의 몸에 대해선 내가 공부해야 하는 순간이 온다. 그렇기에 간호사라는 전문가가 되기 위한 공부는 참 값진 공부라는 생각이 든다. 의사와 달리 간호사는 환자의 가장 가까이에서 환자를 파악하면서 환자의 상태를 파악하며 요구되는 치료적 처치를 하는 사람이다. 간호사가 하는 일은 환자 교육, 환자 상태 파악 및 의사와의 의사소통으로 적극적으로 환자를 간호한다. 간호학과에서 간호사가 되기 위한 공부는 결국 환자, 그리고 나 자신, 나의 가족의 건강에 대해서도 적극적인 도움을 주는 사람이 되기 위한 것이다. 간호학과 공부를 통해서 가족들의 건강 오지라퍼가 되는 것은 모든 간호학생들의 숙명이지 않을까 싶다.

07

간호학과 졸업하기 전 할 일 3가지

간호학과를 졸업하기 전 해야 할 일은 정말 많다. 그리고 간호학과 학생이라면 이미 답을 알고 있다. 한번 무엇을 해야 하는지 독자 여러분이 직접 떠올려보길 바란다.

생각하셨다면. 그렇다. 지금 떠오른 그것이 지금 당신이 해야 할 일이다. 사실 내가 생각하는 그 일이 정답이다. 떠오르는 그것을 하면 된다. 간호학과 학생들은 공통적으로 다 알 것이다. 간호학 전공 공부, 성적, 스펙관리, 실습에 적극적인 참여, 인맥 관리, 간호 술기, 혼나도 쿨하게 넘어가는 오뚝이 정신, 체력, 멘탈 관리 등등이 있다. 우리는 이미 중요한 것을 다 알고 있다.

간호학과를 졸업하기 전에 해야 할 것이 정말 많다. 20대의 캠퍼스 낭만은 과감히 버리기도 하는 우리이다. 도서관에서, 카페에서, 집에서 백과사전처럼 두꺼운 간호학 전공책과 교재를 펼치면서 공부했던 기억이 날 것이다. 전공 지식은 전공 지식대로 기본기를 탄탄히 쌓아야 한다. 또 인간관계와 팀워크는 얼마나 중요한지는 팀 과제를 하면서 깨달았을 것이다. 누구 하나 무단으로 편승하는 친구가 있으면 쉽게 트러블이 생기기도 한다. 서로가 다 같이 한마음으로 열심히 하는 경험도 중요한 것을 알게 된다. 체력은 무엇보다도 중요하다는 것 또한 귀 따갑게 들었을 것이다. 체력이 버텨주지 않으면 간호사로 일하는 것을 제대로 버틸 수 없는 것이 사실이다.

이미 중요한 모든 것을 알고 있는 당신에게. 간호학과를 졸업하기 전 '전공과 관련한 의무적인 할 일' 말고 '나 자신'을 위한 3가지 할 일에 대해 소개하고 싶다.

간호학과 졸업 전에 첫째로 할 일은 가장 행복한 나의 미소가 담긴 사진이나 영상을 남기는 것이다. 정말 사소한 것이지만, 가장 외롭고 헛헛

할 때 과거의 행복한 추억에 가득 젖어 있는 나의 모습을 다시 보는 것만

으로도 엄청난 힐링을 주기 때문이다.

간호학과 졸업하기 전에 꼭 기분 좋아지는 사람과 함께 여행을 떠나

라! 언제 봐도 행복하고 웃음이 나는 사람과 함께한 여행은 후회가 없다.

기분 좋은 추억을 담아 많은 사진과 영상을 남겨봐라. 그냥 쇼핑하기 위

해서 눈 호강하기 위한 여행도 좋다. 기분 좋게, 해맑게 웃고 있는 나의

모습을 반드시 남기는 것을 추천한다.

병원 생활에서 마음이 메마르고 업무에 치였을 때 나는 웃음을 잃었

다. 함께 일하는 동료들은 항상 말했다. 잘 웃던 네가 어쩌다가 이렇게

어두워졌냐고 말이다. 나는 그 누구보다 해맑게 웃었던 아이였다. 그래

서 근무했던 직장을 떠날 때 함께 일했던 선생님이 해준 말이 있다. "민

지 쌤, 밝은 미소 잃지 마. 물개박수 하면서 뭔가를 좋아했던 모습도 잃

지 말고!" 나는 선생님이 해주신 말을 듣고 갑자기 나에 대해서 새롭게

느껴졌다.

내가 밝게 웃었던 사람이구나 싶었다. 언제부터였을까? 업무에 대해

서 잘하고 싶은 욕심 때문에 나는 늘 완벽주의자였다. 실제 성격은 느리

지만 머리는 빠르게 하기를 요구하고 일하는 업무 환경도 그렇다. 그래

서 늘 나를 다그쳤고 나의 기분과 감정은 빠르게 무미건조해졌다. 업무에 집중을 하다 보면 잠시 나를 잃을 때가 있다. 다시 나의 밝은 모습을 찾게 해주는 사진과 영상을 찍어 놓고 언제든 꺼내볼 수 있는 긍정 에너지를 남겨두길 바란다.

두 번째 할 일은 나의 방어기제(혹은 트라우마)에 대해서 인지하는 것이다. 나의 방어기제에 대해서 충분히 생각한다. 나만의 느낀 점과 그것이 주는 의미를 발견하는 일을 하도록 추천한다. 우리나라는 남녀노소, 지위고하를 막론하고 힐링이 필요한 시대를 살고 있다. 특히 보수적이고 직급 체계가 확실한 보건 계열의 대학생들, 병원의 의료인들에게는 나 자신을 돌아보고 성찰하는 시간이 필수 교육 과정처럼 있다면 좋겠다고 생각한다.

병원은 환자를 치료하는 곳이다. 치료하는 사람은 필히 정신과 육체가 그 업무를 충분히 수행할 수 있도록 잘 기능하고 있는 사람이어야 한다. 하지만 우리의 현실은 그렇지 못하다. 허덕이는 취업난에 어떻게 해서든 취업의 문을 뚫고자 간호학과에 오는 경우가 많다. 돈을 많이 벌고 명예로운 직업인, 의료인이 되고자 보건 계열에 오는 사람도 많다.

20대 초반 사실 많은 것을 겪은 사람도 있고 아닌 사람도 있다만, 세상의 모진 파도는 병원에서 일하면서 특히 많이 경험하게 된다.

그래서 간호학과 학생이라면 학교에서 배운 공부를 토대로 자신의 정신 상태에 대해서 어느 정도 분석해볼 기회가 있다. 정신간호학 수업이나 정신과병동 실습을 할 때 방어기제에 대해서 배우게 된다. 그냥 외우거나 무관심하게 시험 과목으로만 여기지 않고 진짜 나의 방어기제를 분석해볼 필요가 있다. 방어기제란 자아가 위협받는 상황에서, 무의식적으로 자신을 속이거나 상황을 다르게 해석하여, 감정적 상처로부터 자신을 보호하는 심리 의식이나 행위를 말한다.

나의 방어기제는 대표적으로 '억압'이 있다. 가장 원초적인 방어기제이기도 한 억압은 생각하기에는 너무 고통스러운 나머지 용납하기 어려운 생각을 무의식으로 눌러버리는 것이다. 어릴 적 쌍둥이였던 언니와 나를 남기고 엄마는 간호학과 공부를 하기 위해 4년 동안 공주로 떠나 계셨었다. 그때 엄마가 없이도 씩씩하게 있어야 한다는 이야기를 많이 들었던 기억이 난다. 엄마가 100밤 자고 다시 온다고 했지만 엄마가 눈앞에서 사라지게 되었다. 어렸던 나는 매일 엄마가 어디서 죽게 될까 봐 늘 노심초사하고 두려워했던 기억이 난다.

하지만 주변 어른들과 가족은 울면 안 된다는 말을 많이 하셨고 나는 두렵고 슬픈 마음을 그때부터 억압하는 법을 터득했던 것 같다. 그래서 내가 가장 잘하는 말은 '괜찮아.'라는 말이다. 사실 괜찮지 않은데 괜찮다고 하는 경우인 것이다.

이렇게 위기 상황에서 튀어나오는 나의 의식적인, 무의식적인 반응에 대해서 그 원인이 무엇인지 생각해보는 시간이 꼭 필요하다. 내 자신 스스로가 느끼기에 좋고 내 자신이 편안한 것이 좋다. 하지만 일상생활에서 나의 생각이나 감정에 부정적이라든지, 사람들과의 소통에서 불편감을 느낀다면 자라온 환경이나 나의 기질상 발생한 방어기전으로 인한 불편감인 경우가 있다. 그 이유를 반드시 찾아야 한다. 그 당시 내 곁에 없었던 엄마에 대한 그리움과 엄마가 어떻게 될까 봐 두려운 나의 마음을 다시 한 번 느껴준다. 그리고 저항하지 않고 받아들이는 태도가 중요하다.

간호학과 졸업 전 세 번째 할 일은 간호학과에서 배웠던 공부들과 친구들, 선·후배, 교수님과의 추억을 정리하는 것이다. 새로운 출발을 위해서는 지나간 과거를 잘 보내주는 일이 필요하다. 나는 특히 병원 실습을 돌면서 같은 팀을 했던 동기들과 겪었던 트러블이 기억난다. 병원 실습에서는 눈치를 잘 봐가면서 수첩을 들고 국시 공부나 병원 면접을 준비하던 동기들도 많다. 취업에 대해서, 성적에 대해서 예민했던 동기들과 팀 과제를 할 때 느낀 것이 많았다. 나의 이익을 어디까지 주장해야 할지 고민도 많이 되었고, 나의 공부 요약 노트를 보여달라는 친구의 부탁을 들어줄지 거절할지도 고민했다. 하지만, 간호학과에 온 이상 나의 모든 자원을 동원하여 환자의 안녕을 위해 일하는 것이 간호사라고 하셨던 교수님의 말씀처럼 나의 것을 나누고 상대를 우선 배려하는 것이 중요하다고 생각했다. 하지만 동기들도 결국 나의 경쟁자고 내가 배우고 성적을 얻어야 할 때는 나의 이익도 철저히 챙기는 태도도 필요하다는 점을 배웠다. 이렇게 간호학과 생활을 하면서 겪었던 구체적인 생각과 감정이 떠오를 것이다. 그리고 자신의 성격의 특성, 강점과 약점을 발견했을 것이다. 전공 분야도 세부적으로 나누어지는데, 관심 분야도 대략 감이 온다.

간호사로 일하기 전 환자를 간호한다는 진지한 자세를 가져야 한다는 교수님의 말이 기억난다. 각자 담임 반 교수님의 영혼을 울린 말씀이 있을 것이다. 우리가 간직해야 할 것은 나의 마음에 와닿았던 교수님의 말씀처럼 그런 긍정적인 에너지가 담긴 말과 경험들이다. 앞으로 다가오게 될 간호사라는 미래에 도움이 되는 배움과 추억을 남기고 4년간의 시간을 잘 정리해보자. 인생에서 할 수 없다는 말보다는 할 수 있다는 긍정적인 말을 하는 그런 사람이 되어보자. 무엇보다 4년 동안 간호학과 생활을 하면서 어느 누구도 아닌 나만의 경험을 소중히 여겨주길 바란다.

4장

신규 간호사 라서 고맙다

간호사를
선택한

당신에게
꼭 전하고 싶은 말

✚ 01

간호사에게 필요한 절대 마인드

대학병원 근무를 하는 첫 출근 일주일 전 38년 동안 서울의 큰 대학병원 간호사로 헌신하셨던 고모와 전화 통화를 했다. 고모께서 하셨던 말씀 중에 가장 기억에 남는 말씀이 있다. "간호는 결국 정직이야."라고 하셨던 점이다. 나는 지금 당장 공부해야 할 지식이 태산 같이 느껴져서 고모의 그 말씀에 대해서 중요성을 느끼지 못했다. 그리고 병동 간호사로 본격적으로 근무하기 시작했다.

3개월의 트레이닝 기간을 지나고 독립을 하면서 진짜 내 이름을 걸고 내 환자를 보기 시작했다. "안녕하세요? ○○○님! 밤에 잠은 잘 주무셨어요? 제가 오늘 오전 시간 동안 환자분을 맡은 담당 간호사입니다."라고 첫 소개를 했던 날이 기억난다. 신규 간호사로 일할 때 '대형 사고만은 치지 말자!'라는 마음으로 매일 떨리는 마음을 부여잡았던 기억이 난다. 신규 간호사에게 필요한 절대 마인드는 대형 사고만은 치지 말자는 이 생각에서 뻗어나왔다.

많은 간호사들은 이 말을 수도 없이 들었을 것이다. '기본이 전부다'라는 말이다. 기본을 중요하게 여기는 마인드는 간호사에게 정말 중요하다.

사실 기본기에 대한 중요성은 어느 분야를 가든지 강조하지 않는 곳이 없다. 어느 날과 다르지 않은 평범한 근무시간에 갑자기 신규였던 나와 한 동기에게 선생님이 갑작스런 문제를 내셨다. "RI(인슐린) 5단위 처방 났어. 그럼 1cc 주사기로 얼마큼 약물을 재야 돼?"라고 물어보셨다. 환자에게 한 번도 인슐린을 투여한 적이 없었던 나와 동기는 약간 멈칫거렸다. 학교에서 배웠던 내용을 머릿속에서 뒤적이며 찾았다. 나는 0.05cc 라고 대답하였다. 다행히 답을 맞췄다. 하지만 동기는 더 많은 양으로 대답을 하여 선생님께 혹독한 가르침을 받았다.

나는 정답을 맞추어서 다행이었지만 떨리고 두려운 마음은 여전했다. 실제 인슐린을 정확히 재고, 환자의 팔뚝에 뾰족한 주사기를 꽂아 투여하는 일까지, 수행해보는 것이 더 중요했기 때문이다.

기본기에 대해서는 늘 정답을 말할 수 있는 답변을 준비하는 것이 중요했다. 환자에게 직접 투여되는 약물 같은 경우는 한 치의 오차가 없어야 하기 때문이다.

간호사로 가져야 할 절대 마인드 중 하나는 '융통성'이다. 나는 원칙을 중요하게 생각하는 원칙주의자였다. 하지만 나만의 틀이 산산이 부서지는 경험을 했다. 이비인후과로 입원한 나이 지긋한 할머니 환자분이 기억이 난다. 할머니는 치매도 앓고 계셨고 의사소통이 불가능한 분이었다. 소변줄과 정맥으로 들어가는 비경구 영양제 등 몸에는 많은 생명줄이 달려 있는 분이었다. 데이 근무를 하던 중 할머니의 간병인이 소변이 샌다고 하시면서 담당 간호사였던 나를 불렀다. 그래서 소변줄을 확인해보니 잘 고정되어 있어 아무 문제는 없어 보였다. 설마 소변 카테터에 구멍이 났는지 나는 염려되었다. 그래서 소변줄을 고정하는 발루닝 부분을 확인하고자 고정되어 있는 생리식염수를 한 번 빼보았던 것이다.

거기서 갑자기 소변줄이 빠져버렸다. 소변줄을 고정했던 풍선이 빠지게 되니 자연스러운 것인데 나는 크게 당황했다. 그래서 다음 인계를 드리는 선생님께 말씀드리고 퇴근하고 나서 소변줄을 고정하고 가겠다고 하면서 인계를 마쳤다.

하지만 이게 무슨 일이람. 할머니의 소변 줄을 다시 끼우려는 순간 도저히 삽입해야 하는 요도구를 찾을 수 없는 현실이었다. 할머니는 수십년 전 자궁적출술을 받으셨던 적이 있으셔서 일반적인 분이 아니셨다. 나는 다시 한 번 놀랐다.

학교에서 배웠던 기본적인 도뇨관 삽입 술기에서 전혀 생각하지 못했던 변수를 만나게 된 것이다. 나는 학교에서 배운 술기만 잘하면 문제없을 거라는 생각에 가득 찼었다. 원칙대로만 하면 문제가 없을 거라는 나의 생각은 와장창 깨졌다. 그래서 간호사에게는 '융통성'이 필수적인 마인드이다.

원칙에서 벗어난 예외적인 상황에서도 당황하지 않고 최선의 해결책을 찾고 또 찾는 태도가 중요함을 배웠다. 그래서 신규 간호사 시절 더 이상 책상에 앉아서 외우는 공부를 멈추었다. 수첩에 키워드를 간단히 적거나 순서를 기억하기 위한 메모 정도로 충분했다. 중요한 것은 내가 예상하지 못한 변수의 상황에서도 집중해서 문제를 해결하는 능력을 발휘하는 것이었다.

간호사에게 필요한 절대 마인드로 융통성을 갖추었다면 나머지 가장 중요한 것이 남았다. 바로 끊임없이 '배우려는 태도'를 잃지 않는 것이다.

나는 유튜브를 활용해서 유용한 간호 꿀팁을 많이 찾아다녔다. 교과서나 학교에서 배운 것보다 오히려 간호사 유튜브 선생님들의 실무적인 경험들이 더 유용했던 것이 사실이다. 특히 신규 간호사로서 가져야할 태도나 마인드에 대해서도 많이 찾아봤다.

병원에서 혹은 선배 간호사 선생님들의 마음에 쏙 드는 똑순이가 되려면 어떻게 해야 하는지 알고 싶었기 때문이다. 더 나은 신규 간호사가 되기 위해서 여러 간호사 유튜브 채널을 탐색했다. 남자 간호사 유튜브 채널인 〈정간의 간호요령〉이라는 유튜브 채널을 발견했다. 신규 간호사가 가져야 할 자세에 대해서 딱 4가지로 아주 핵심적으로 영상을 남겨주셨다. 〈정간의 간호요령〉 영상에서 신규간호사는 '빠른 신상 파악, 이름과 연차 구분, 노력과 의지에 대한 어필, 동료에 대한 예의'가 중요하다고 언급하였다. 나는 이 영상을 보고 정말 큰 도움을 얻었다.

다행히 배우고자 노력했던 나의 모습을 긍정적으로 봐주셨던 선생님들께 칭찬을 받기도 했다. 나의 첫 칭찬은 CVR 보고에 대해서 빠르게 대처했던 적이었다. CVR 보고는 전공의에서 환자의 검사 결과에 대해 즉시 5분 이내에 보고하고 즉시 5분 이내에 기록을 하는 것을 말한다. 진단검사의학과에서 환자에 대한 검사 결과를 담당 간호사에게 알리는 전화를 받은 사람이 보통 이것을 수행해야 한다. 시니어 선생님께서 CVR 보고를 수행하는 모습을 잘 관찰해서 메모하고, 간호기록이나 작성 서식을 기억해두었다. 그리고 내가 CVR 보고 전화를 받은 날 멀리서 관찰했던 선생님께서 하셨던 그대로 수행했다. 그리고 오류 사항이 없는지 검토를 요청했을 때 신규인데 빠르게 잘했다는 칭찬을 해주셨다.

그날은 신규 간호사로 일하면서 처음으로 시니어 선생님께 칭찬을 들었던 날이었다. 역시 칭찬은 고래를 춤추게 한다는 것이 맞았다. 정말 기쁨을 주체할 수 없었다. 열심히 배우려고 했던 나의 노력이 물거품이 되지 않아서 다행이었다.

정리하자면 간호사에게 필요한 절대 마인드를 3가지로 요약할 수 있다. 첫째는 '기본'에 충실할 것, 둘째는 '융통성'을 가지고 예외적인 상황에 유연하게 대처할 것, 셋째는 적극적으로 '배우려는 태도'를 유지하는 것이다.

간호사는 이것 이외에도 동료 및 환자와의 적극적인 의사소통, 계속 업데이트되는 업무 지식과 급변하는 환자 상태에 대한 대처를 끊임없이 해내는 사람이다. 그럴수록 기본에 충실하다면 언제든 저장되어 있는 무기가 충분한 것이다. 원칙대로 수행하는 것의 중요성을 질리도록 듣게 되지만 사람을 대하는 일이 그렇게 무 자르듯이 딱 떨어지는 일이 아닌 경우가 많다. 환자의 성격, 신체적 상태, 그날의 환자의 요구사항이나 컴플레인 발생 등 너무나도 많은 예외가 있다. 또한 날로 새로워지는 업무

지식과 인계사항에 대해서 계속적으로 학습하고 배워야 하는 상황에 놓이게 된다.

간호사는 정말 멀티플레이어의 끝판왕 중 하나이다. 대학병원 신규 간호사의 어리숙한 시간을 지나고 나는 어느 덧 15명의 환자도 거뜬히 보고 처치할 수 있는 멀티 플레이어 간호사가 되어 업무를 하고 있었다.

02

형광펜으로 우선순위를 색칠하라

나는 어릴 적 백일 잔치에서 돌잡이 때 연필을 잡았다고 들었다. 실제로도 어렸을 때 연필이나 펜을 사서 모으는 것을 정말 좋아했다. 백일 돌잡이에서 아이가 연필을 잡으면 가방 끈이 길어지고 공부를 계속할 거라고 했던 어른들이 말이 맞았나 보다. 간호학과에 다시 편입하였고 간호사가 되기까지 공부 과정을 많이 거쳤기 때문이다.

지금에 기억에 남는 것이 내가 사용했던 펜이 참 많았던 기억이 난다. 공부를 할 때에도 사용했던 색깔 펜은 몇십 개에 달했다. 사진첩에 그동안 사용했던 펜들을 찍어놓는데 정말 두 손에 가득 쥐어질 만큼의 양이었다.

병동의 신규 간호사로 일하면서 나는 온갖 형형색색의 형광펜을 사용했다. 형광펜은 나의 최애템이자 중요한 무기였다. 간호학과 국가고시 준비를 할 때에도 색깔 펜이 없이는 공부가 잘 안된다. 빨간색은 시험 직전에 볼 것, 노랑색은 기본적으로 중요한 것, 주황색은 교수님이 꼭 나온다고 했던 것, 초록색은 각 과목당 목차 큰 제목 표시, 파랑색은 잘 모르고 이해가 안 되는 개념, 보라색은 물어볼 것 표시로 나만의 의미를 둬서 형광펜을 사용해 공부했다.

간호사가 되어서는 어김없이 형광펜을 사용해서 인계장의 사항을 분류했다. 초록색은 수술 환자, 주황색은 그날 안 하면 안 되는 제일 중요한 업무, 빨간색은 지금 당장 시행할 것, 노란색은 각종 환자의 검사나 특이점 등을 표시하는 것으로 사용했다.

이렇게 온갖 형광펜을 사용해서 인계장에서 우선순위를 체크하면서 일하게 되었다. 시니어 선생님은 나의 인계장을 보고 병동에서 내가 제일 바쁜 사람인 줄 착각하겠다는 농담까지 하셨다. 하지만 나는 색깔을 칠해서라도 기억하고 싶었다. 머릿속에서 체계적으로 무엇이 중요한지, 또 환자별로 기억할 인계사항을 한눈에 보이게 표시하기 위함이었다.

형광펜을 사용했을 때의 장점은 한눈에 내가 정해놓은 의미대로 색깔만 보면 찾을 수 있는 점이다. 하지만 너무 강조점이 많다 보니 오히려 혼란을 초래할 수 있기 때문에 체계적으로 깔끔하게 표시하는 것이 중요하다.

또한 업무에서 우선순위를 파악하고 우선순위에 맞게 일하는 것이 참 중요하다. 먼저 그날 가장 응급한 환자에게 중요한 수술이나 검사 등이 우선순위가 높다. 새롭게 투여되는 약물이나 부작용 여부, 통증의 증가 여부, 수술 부위에 출혈이 없는지, 수술 후 열이나 부작용은 없는지 등의 사항을 인계장에 적게 된다.

다른 시니어 선생님들은 이미 머릿속에서 환자에 대한 파악과 정리가 끝났기 때문에 인계장이 정말 깨끗했다. 해당 진료과의 대략적인 수술, 치료 과정, 들어가는 약물, 주로 환자가 호소하는 증상 등에 대한 패턴을 알고 있기 때문이다. 하지만 나는 나만의 체계를 가지고 이해해야 했고 눈에 띄는 형광펜으로 눈을 자극해서라도 우선순위를 머릿속에 인식해야 했다.

하지만 응급상황에서는 인계장도, 형광펜도 다 필요 없는 순간이 온다. 그때는 바로 듣는 대로 행동하고 잊지 말아야 할 검사명이나, 수치, 약물 이름 등에 대해서 포스트잇에 간단히 적어두고 바로 행동으로 옮겨야 했다. 이런 과정을 반복하다 보면 나도 시니어 선생님들처럼 환자와 병동 상황에 대한 패턴을 인식하고 더 이상의 형광펜을 사용하지 않게 되는 날이 오게 된다고 느꼈다.

형광펜을 고를 때는 뚜껑이 없는 것으로 고르는 것이 좋다. 뚜껑을 잃어버리면 형광펜 잉크가 말라 버려서 그날 형광펜을 사용할 수 없기 때문이다. 특히 병동에서 근무할 때 필요한 물품으로는 가위, 네임펜, 일반펜, 형광펜, 포스트잇, 플라스타(인체용 테이프), 토니켓 등이 있다.

전쟁터에 총알을 장전하듯이, 맛있는 삼겹살을 먹기 전에 긴 머리를 묶듯이, 그날 병동 근무를 위해서 나는 필요한 물품을 장전하는 것이 나의 가장 중요한 우선순위였다.

형광펜으로 알록달록 칠해진 인계장에는 항상 의사인 언니가 적어준 주요 약물 리스트가 붙어 있었다. 이 약물 리스트는 약물의 끝나는 접미사를 보면 어떤 약물의 종류인지 알 수 있도록 또한 형광펜을 색칠해놓았다.

생각해보면 간호사는 약사와는 또 다르게 약물과 밀접한 관련이 있는 직업이라는 점이 새삼스럽게 깊이 와닿았다. 의사도 약물의 작용에 대해서 잘 알아야 하지만 간호사도 그에 못지않게 약물에 대해서 잘 알아야 한다. 특히 약물의 효과와 부작용을 잘 알고 의사가 왜 약물을 처방했는지 그 이유에 대해서 알고 있어야 한다. 특히 약물의 투여 방법이 피하 주사인지, 근육 주사인지, 정맥 주사인지 약물의 투여하는 통로에 대해서도 알아야 한다.

나는 우선순위에 대해서 말한다면 약물에 대한 우선순위의 중요성을 강조하고 싶다. 보통 학과 공부에서 공부를 할 때 '5Right'라고 배우게 된다. 약물 투여의 5가지 원칙은 다음과 같다. 정확한 약물(Right drug), 정확한 용량(Right dose), 정확한 경로(Right route), 정확한 대상자(Right client), 정확한 시간(Right time)이다. 5가지의 원칙 모두 중요해서 다 노랑색 형광펜을 쳤다. 실제로 근무를 할 때는 제일 중요하게 형광펜을 표시했던 부분은 '정확한 대상자' 였다.

환자 확인을 수천 번 중요하다고 반복해서 말했던 간호학과 생활이 기억난다. 간호 핵심 술기에서 절대 빠지지 않는 1번 우선순위가 있다. 그것이 바로 '환자 확인'이다.

보통 핵심 간호 술기를 연습하면 첫 마디는 다음과 같다. "안녕하십니까? 담당 간호사 OOO입니다. 성함이 어떻게 되세요?"라고 묻는다. 특히 이때는 개방형 질문을 해야 한다. "환자분 성함이 OOO이십니까?"라고 질문을 해서는 안 된다. 그리고 "등록번호 확인하겠습니다. (약물카드와 환자의 팔찌를 대조하여 보면서) 등록번호 OOOOOO 확인했습니다."라는 절차를 반드시 거쳐야 했다.

간호학생 때는 몰랐다. 정확한 환자를 확인하는 것의 중요성을 말이다. 실제 업무에서 바쁘게 일을 하다 보면 혼이 쏙하고 빠지는 경우가 많다. 실수를 하게 될 때 인지의 과정을 거치지 않고 그냥 저질러버리는 경우가 종종 있다. 너무 바빠서 사고의 정상적인 과정을 하지 못할 정도로 진이 빠지기 때문이다. 그래서 환자 확인을 제대로 하지 않고 약물을 투여해서는 절대 안 되는 상황인데도 한 번씩 실수하게 되는 경우를 발견한다.

그래서 나는 이때 아주 진한 빨강색 형광펜을 들어서 '환자 확인 必'이라고 대문짝만 하게 인계장에 써놓고 표시했다. 인계장을 보면 그날 나의 실수나, 잊지 말아야 할 점들, 배운 점들로 빼곡하게 적혀 있었다. 형광펜으로 표시한 것은 그날 퇴근하고 공부 노트에 적어서 기억해야 할 핵심사항이었다.

형광펜을 사용해서 우선순위, 퇴근 전 반드시 잊지 말아야 할 사항을 체크하는 것은 나의 루틴이었다. 누구나 자신만의 효과적인 강조법, 기억법이 있다. 나에게는 그 방법이 형광펜을 사용하여 인계장에서 중요도를 표시하는 것이었다. 특히 나는 노란색 형광펜을 좋아했다. 심리적으로 노란색을 많이 보면 기억력이 좋아진다는 말을 인터넷에서 보았기 때문이다. 어찌 보면 신규 간호사의 치열한 근무를 한마디로 표현한다면 나에게는 '형광펜'이라고 할 수 있겠다.

03

출근 전 별이 다섯, 체크리스트!

나는 출근하기 전에 항상 Day, Evening, Night 근무의 루틴 업무를 A4용지를 4등분해서 접은 종이 위에 적는 것이 나의 첫 번째 일이었다. 매일 똑같이 반복적인 업무를 하더라도 까먹지 않기 위해서 근무하기 전 업무를 필사했다. 그리고 생생하게 이미지 트레이닝하는 것도 꼭 한 가지씩 해보았다. 예를 들면 오늘 Evening 근무라면 입원 환자들의 수액을 전부 준비해두고 정맥라인을 확보해서 수액을 모두 연결시켜야 한다. 그래서 토니켓으로 팔을 잘 묶고 주사 카테터가 혈관으로 쏙 들어가는 상상을 하면서 수액을 잘 연결한 나의 모습을 생생하게 그리곤 했다. 그렇게 출근하기 전 나는 정해진 특정한 루틴을 하기로 마음을 먹었고 별을 다섯 개 주고 싶은 체크리스트를 만들었다.

우선은 근무가기 전 준비물을 확인한다. 특히 근무복을 빼먹고 다시 집에 온 적이 몇 번 있어서 지각할 뻔하였다. 그래서 항상 근무복은 전날에 반드시 챙겨놓고 잔다. 근무복, 펜, 가위, 플라스타, 토니켓을 잘 챙겨놓은 포켓주머니, 핸드폰, 혹시 모를 소화불량이나 두통에 대비해서 비상약도 챙겨간다. 그리고 선생님들께 도와주셔서 감사하다는 표현을 한 번씩 하기 위해서 과자나 비타민 같은 간식도 챙겨간다.

준비물을 잘 챙겼다면 꼭 식사를 하는 것이 좋다. 일하기 전 밥을 먹고 가지 않으면 온몸의 피가 쭉 빠지는 것 같이 소진되어서 퇴근할 때 힘이 하나도 없다. 밥을 먹을 시간이 없다면 단백질 쉐이크나 종합비타민이라도 꼭 챙겨먹고 가는 것이 좋다. 체력이 무너지면 그날 근무도 무너지게 된다.

사실 출근 전에 가장 빼먹지 말아야 할 체크리스트는 바로 '멘탈을 챙기는 것'이다. 오늘은 어떤 일이 생길까라는 걱정이 제일 먼저 앞선다. 그리고 어제 근무할 때 상태가 좋지 않았던 환자가 어떻게 버티고 있을지 하는 생각도 자연스럽게 든다. 어제는 괜찮았는데 오늘 근무에 가보니 환자가 안 계실 경우에는 중환자실로 전동을 가기도 하고 새로운 환자가 입원해 있는 상황도 본다.

신규 간호사일수록 병동의 빠르게 돌아가는 시스템과 입·퇴원의 처리에서 혼란을 겪기 쉽다. 특히 컴플레인의 상황에서는 어떤 말을 환자에게 해주어야 대처가 가능한지에 대해서도 미숙하다. 컴플레인을 들어도 아무 답변도 잘 하지 못하는 경우가 많다. 그래서 일단은 출근 전에 나를 보호하는 멘탈을 유지하는 긍정적인 에너지를 충전시켜야 한다.

멘탈을 챙기기 위해서는 주로 3가지 다짐을 활용했다.

1. 큰 사고만 치지 말자. 그러면 된 거다.
2. 어제 해냈던 것처럼 오늘도 잘 해낼 거야. 제발 집중하자!
3. 퇴근하고 오늘은 떡만둣국이다. 떡만둣국이 기다린다.

누군가 보면 피식하고 웃을지도 모르겠다. 하지만 나는 진심이다. 이 3가지 다짐이 없었더라면 환자를 빠르고 정확하게 처치하는 그날의 업무는 불가능했을 것이다. 나를 위해서 해줄 수 있는 것은 내 멘탈을 끝까지 부여잡을 수 있는 동기 부여의 말이었다.

또 기억에 남는 중요한 체크리스트는 신규 간호사로 독립하기 전에 보았던 쪽지시험지였다. 그 시험지에는 선생님들께서 머리를 맞대고 모아서 신규들에게 알려주고 싶은 내용을 시험 문제로 변형해서 만들어주셨다. 실제로 알고 있지 못하면 일하는 데 큰 차질을 주는 사소한 지식부터 큰 지식까지 아우르는 문제였다. 병동의 시험 내용은 다음과 같았다.

안과, 이비인후과, 비뇨기과, 피부과 등 각 진료과의 1~4년차 전공의 이름, 진료과의 약어 및 해당하는 병동의 이름, 이비인후과에서 주로 실시하는 어지럼증 검사실의 위치, 전화번호, 준비 사항, 전신 마취 및 부분마취의 수술별 준비 사항, 전신 마취하기 전에 중단해야 할 약물, 항생제 반응 검사를 해야 하는 항생제의 종류, 다양한 수술 의학 용어를 주고 그에 해당하는 수술 부위 쓰기 등 실무적인 내용이 대부분이었다.

학생 때와는 달리 실제로 내가 알아야 하는 지식으로 시험을 보다 보니 정말 재밌고 흥미로웠다. 성적을 100점 받기 위해서 하는 공부가 아니라 오늘 업무를 할 때 알고 확인해야 하는 지식이어서 더 확실히 숙지해야 했다. 시험지를 받아서 마치 핵심 노트처럼 달달 외우기도 했다. 경험이 많은 선생님들 눈에는 신규가 이것만은 알아야 한다는 의미에서 낸 문제들이었다.

그래서 출근하기 전에 그날 정규로 해야 하는 루틴 업무와 쪽지 시험에서 봤던 주요한 내용을 한 번 쭉 훑고 출근하는 일상을 보냈다.

나의 출근 전 체크리스트는 시간이 갈수록 늘어났다. 체크리스트는 하루의 배움과 경험을 고스란이 녹아낸 기록이었다. 병동 간호사로 근무하면서 만들었던 공부 자료, 체크리스트 파일을 쭉 펼쳐보았다.

치열하게 공부했던 기록을 보니 다시 이렇게 공부하라고 하면 못 할 것이라는 생각밖에 들지 않았다. 그때는 젊어서, 열정페이로, 모르니까 열심히 했던 것이라는 생각도 든다. 어떻게 해서든 배웠던 것을 적용하고 싶었다. 그리고 그 과정이 정말 재밌던 순간도 많았다. 나도 간호사로 업무를 해낼 수 있고 잘한다는 인정을 받아야만 했다.

출근 전 공부를 열심히 해가서 실제로 환자에게 설명을 잘하고 환자에게 정확한 정보를 제공할 수 있어서 뿌듯했던 기억이 있다. 편도선 절제술을 한 여자 환자였다. 편도선 절제술을 받으면 퇴원하기 전까지 물처럼 갈은 식사를 해야 한다. 이러한 치료 식이의 중요성에 대해서도 설명을 했다. 건더기가 큰 음식을 삼켜서 수술 부위를 자극하면 출혈의 위험성이 높아지기 때문이다.

아이스크림이나 시원한 이온음료를 마시도록 격려하고 산성 주스나 콜라와 같은 탄산음료를 제한해야 함을 설명했다. 또한 목 수술 부위에 차가운 얼음팩을 적용하여 출혈을 방지하는 것이 중요하다. 편도선 절제술은 수술 부위가 목 안의 편도이다 보니 출혈이 나는 것을 방지해야 한다. 과다한 출혈 시 기관지로 흡인의 위험성도 있고 수술의 효과가 미미하여 다시 재수술을 해야 하는 경우가 있기 때문이다.

이러한 내용에 대해서 출근 전 정리를 읽고 가면 수술 후에 환자에게 주의점을 설명할 때 일사천리로 빠르게 설명하는 것이 가능했다. 준비한 만큼 자신감 있게 말하게 된다는 사실이 언제나 기분이 좋았다.

가장 친한 친구는 내게 말했다. 왜 그렇게 열심히 하냐고 말이다. 나도 잘 모르겠다. 하지만 오늘 나의 하루 병동 근무에서 최선을 다하지 않으면 최악의 결과가 혹시 모르게 튀어나올까 봐 그 불안감이 사실 컸기 때문이라고 생각한다. 어느 누구도 예측할 수 없는 상황이 벌어지는 곳이 병동이기 때문이다. 조용하게 평화롭게 지나가면 그만큼 감사한 하루도 없었다. 하지만 늘 간호 지식, 행정적인 업무와 절차, 환자 응대 등 다양한 업무를 자유자재로 수행하는 선배 선생님들을 보면서 나도 그렇게 되고 싶은 소원 또한 매우 컸다.

한 번에 다 잘할 수는 없다. 하지만 준비된 신규에게는 좀 더 나은 결과가 있다. 두 번 실수할 것을 한 번으로 줄일 수 있고, 수술 후 아프고 괴로운 환자에게 몸의 회복을 위해서 할 수 있는 도움이 되는 일을 설명함으로 환자를 안심시키고 좋은 간호를 제공하게 될 수 있기 때문이다. 다음 생에 만약 다시 간호사로 태어나서 또 병동 간호사가 된다면 그때도 체크리스트를 뽑고 또 미리 공부하고 준비하지 않을까라는 재밌는 상상도 해본다.

＋ 04

가벼운 엉덩이로 면죄부 사기

신규 간호사에게 면죄부를 받을 수 있는 것 중 하나는 눈치껏 작동하는 가벼운 엉덩이이다. 나는 얼굴에 눈이 달린 것뿐만 아니라 엉덩이에도 눈을 달았다. 마치 의자에 앉아서 카운트다운을 세는 것처럼 보였을지도 모른다. 어떤 상황이 생기든 내가 가지러 가고, 환자의 콜벨에 즉각 달려나갈 준비를 늘 하고 있었다.

나는 실제로 정말 느린 성격이다. 빠르게 행동하면 정신이 없어서 패닉에 빠지곤 했다. 사람들이나 상황에 무관심한 성향까지 가지고 있었다. 그런 내 성향에 대해서 보완하기 위해서였는지 내 이름 박민지의 '민'의 한자어는 敏(민첩할 민, 영민할 민)이었나 보다. 특히 간호사로 근무를 하면서 나의 느린 성격이 굉장히 많이 고쳐졌고 고쳐야만 했다.

내가 가장 많이 했던 말은 무엇일지 생각해보았다. 아마도 "선생님, 제가 해보겠습니다. 제가 다녀오겠습니다."라는 말이 아니었을까 싶다. 이렇게 적극적으로 행동을 했던 이유는 신규 간호사로서 도움이 될 만한 작은 일이라도 하고 싶었기 때문이다. 신규 간호사는 늘 죄인이 될 수밖에 없다. 실제로 경험한 것이 없기 때문에 늘 물어보고 부탁할 일이 정말 많아서 그렇다. 경험과 연차가 갑인 병원 생활에서 미운 털이라도 박힌다면 나의 신규 생활에 어두운 그림자가 드리울 것이 뻔했다. 미움 받는 것을 유독 알레르기 반응처럼 무서워했던 나는 선생님들이 시키기 전에 벌떡 일어나서 일을 찾아서 하는 타입이었다.

나는 선생님들과 농담도 주고받고 웃으면서 살가운 동기와는 다르게 무뚝뚝한 성격이다. 환자가 다 잠든 Night 근무 시간에 간호부에서 응원차 햄버거 간식을 주고 가기도 했다. 그때 선생님들과 이야기도 하면서 친해질 수 있는 시간이 있었음에도 나는 입을 잘 열지 못했다. 그날 해야 할 업무의 과정이 머릿속에 가득 찼기 때문이었다.

지금은 그렇게 할 필요가 없다고 느낀다. 그렇게 업무에 대해서 집중하기 위해서 업무만 생각하면 몸과 마음도 경직되기 마련이다. 사람끼리 만나는 곳에 좀 편안함과 자유로운 대화가 필요하다는 것을 나는 신규 간호사 시절에 결코 느끼지 못했다.

내 생각으로 완벽하게 한다고 해서 일을 잘 끝맺는 것도 아닌데, 왜 그렇게 일에만 몰두했는지 아쉬운 마음이 든다. 조금 더 병동 선생님들과 좋아하는 관심사나 선생님들의 이야기를 더 들어보고 물어볼 걸이라는 생각도 든다.

그래도 큰 실수를 하고 싶지 않았던 나는 시니어 선생님들의 경험에서 나오는 조언과 가르침이 절실했다. 그래서 언제나 선생님들에게 도움이 될 수 있는 존재가 되기 위해서 바쁘게 움직이는 것을 좋아했다. 가벼운 엉덩이를 유지하기 위해서 참 많이 노력했던 시간이었다. 이러한 나의 노력에도 불구하고 크고 작은 실수와 사고는 막기는 어려웠다. 프리셉터 선생님께 인계를 드리는 어느 날 의사 처방이 잘못 나서 거르지 못했던 부분을 체크받았고 그날은 아주 바쁜 나이트 근무로 정신이 없는 하루였다.

선생님은 그날 내게 힘이 되는 말을 해주셨다. "민지 선생님의 가장 큰 장점은 차분함이잖아요. 너무 걱정하지 말고 일단은 처음이니까 천천히 해도 되니까 괜찮아요. 차분하게 정확하게만 하려고 해보세요. 지금도 잘하고 있어요." 선생님의 따뜻하고 정확한 한마디는 정말 큰 위로이자 배움이었다. 누군가에게는 평범한 말이겠지만 말이다.

가벼운 엉덩이로 면죄부를 사고 싶었지만 소용이 없는 날도 있다. 내가 속한 병동은 20명 정도의 인원이 근무하는 곳이었다. 각자 선생님만의 업무 스타일이 다 다르기 때문에 시니어 선생님의 특성을 파악하는 일이 참 중요하다.

어느 날은 마치 활화산이 폭발하는 듯한 선생님의 호된 다그침을 듣게 된 하루를 경험했다. 늘 가벼운 엉덩이와 빠른 전화 받기를 실천했던 나는 병동에 전화가 울리면 가장 먼저 받는 사람이었다. 다른 병동에서 우리 병동으로 오게 되는 이비인후과 환자와 관련된 전화였다. 그 환자가 검사가 끝나고 우리 병동으로 이동하기로 되어 있었는데 검사실에서 검사가 끝나서 병동으로 올려보내도 되는지 물어보는 전화를 받았다. 나는 당연히 내 담당이 아니기 때문에 그 환자를 담당하게 될 선생님께 여쭤보는 것이 지극히 정상적인 과정이다.

하지만 그날은 무슨 생각으로 그랬는지 환자를 올려보내달라고 내가 결정해서 답변을 해버린 것이다. 지금도 생각해보면 왜 그랬는지 도저히 이해가 가질 않는다. 검사가 끝난 환자가 갑자기 병동에 나타났으니 담당 선생님은 크게 당황하셨던 것 같다. 전에 있던 병동에서 인계도 다 끝나지 않고 환자 물품도 올라오지 않은 상황에서 내가 함부로 대답을 해버린 경우였다.

이날 나는 역대급으로 시니어 선생님께 혼이 났다. 지금 다시 생각해보아도 아찔하다. 선생님은 내게 말했다 "선생님은 알지도 못하면서 자기 맘대로 결정하는 게 말이 돼요? 인계도 못 받았고 환자 물품도 없는데 어떡할 거예요?"라고 물었다. 그래서 직접 물건을 가지러 가겠다고 답변했다. 선생님은 다시 "그중에 환자 물건이 사라지면? 물건 없어지면 누가 책임질 건데?? 지금 이게 뭐하는 거예요?? 하아 정말…."

선생님의 반응은 무서웠고 내 맘은 역대급으로 놀라기도 했다. 실수한 내 자신은 쥐구멍에라도 숨고 싶은 심정이었다. 죄송하다는 말밖에 할 말이 없었다. 마음 한편으로는 환자가 크게 컴플레인도 안 하는데 왜 이렇게 혼나야 되는지 모르겠다는 생각도 들기도 했다.

이날은 가벼운 엉덩이, 빠른 손으로 전화 받기를 실천한 내가 조금 원망스러운 날이었다. '그날 그 순간 내가 전화를 안 받았으면 다른 사람이 대처했을 텐데… 그리고 이런 문제도 안 생겼을 텐데….'라는 탄식이 저

절로 나왔다. 하지만 일은 벌어졌고 나의 미숙한 점이 드러났다. 한편으로 다행이기도 했다. 환자의 상태가 나빠지는 상황에서 혼난 것은 아니었기 때문이다. 그래도 선생님께 호되게 혼이 난 이후로는 정신이 바짝 들어서 똑같은 실수를 하지 않도록 했다.

신규 간호사의 하루는 좀 어떤지 묻는다면 위와 같은 이야기로 매일이 가득 채워진다고 대답할 수 있다. 하지만 그만큼 성장통을 겪기에 간호사라는 전문가로 우뚝 서게 되는 피가 되고 살이되는 경험을 하는 것이다.

친한 후배가 신규 간호사라면 행동을 어떻게 해야 된다고 묻는다면 이렇게 말하고 싶다. '눈치껏' 가벼운 엉덩이를 가지라고 말이다. 너무 열심히 잘하려는 태도가 과한 것은 좋지 않다고 생각한다. 적당히 물 흐르듯 병동의 업무에 적응하는 것이 좋겠다.

열심히 하다 보면 그만큼 실수하는 횟수도 많게 된다. 실수를 하면서 배운다. 하지만 실수를 많이 하게 되는 신규 생활에서는 조심스러울 필요가 있다. 나의 일을 우선하는 것과 선배의 부탁을 수행하는 것 둘 중에 나의 일을 먼저 처리하고 돕는 것이 맞다.

나의 일을 잘하다 보면 언젠가는 부탁도 손쉽게 해내는 자신을 발견하게 될 것이다. 즐겁게 가벼운 엉덩이로 일하다 보면 결국 시니어 선생님의 고맙다는 말을 듣게 되는 순간도 마주한다. 혼나고 또 칭찬을 받으면서 한 팀이 되는 경험을 하면서 그때 진짜 신규 간호사에게 성장이 있게된다. 적극적인 태도는 또한 시니어 선생님의 사랑을 받을 수 있는 좋은 방법이기도 한다. 일을 잘하고 싶은 신규 간호사들에게는 가벼운 엉덩이가 필수다. 면죄부를 얻게 되는 가벼운 엉덩이 방법을 잘 활용해보길 바란다.

✚ 05

끝날 때까지 끝난 것이 아니다

언젠가부터 유행처럼 번졌던 말이 있다. '끝날 때까지 끝난 것이 아니다.' 이 말은 광고에서 나왔는지 SNS에서 유행처럼 번지기 시작했다. 나는 사실 이 말을 듣고 이 말을 싫어했다. 끝이 없이 펼쳐지는 업무가 언제 끝날지 모르는 느낌을 주기 때문이다. 하지만 두 발 뻗고 자려면 끝날 때까지 어떤 일이 있어도 인내해야 하는 것이다.

나는 병원에서 퇴근할 때 선배 간호사 선생님에게 인계를 드리면서 미처 챙기지 못했던 수많은 검사가 있다는 것을 인계를 드리는 시간에 발견한 적이 있다.

퇴근 직전에 갑자기 내과 환자가 병동에 입원한 경우에는 피검사, stool검사(변), 소변검사, x-ray, CT 예약 등 수많은 검사 처방이 난다. 내 환자였던 이 할머니의 밀려오는 의사의 처방에 나는 stop되었다. 다행히 보살이셨던 프리셉터 선생님의 도움으로 아주 빠르게 처리했지만 수혈처방까지는 생각을 못 한 것이다.

피검사 후 헤모글로빈의 수치가 낮으면(체내 혈량 부족)으로 수혈을 받아야 하는 상황이었다. 할머니는 치매라서 손을 펴달라는 부탁도 절대 듣지 않는 어려운 환자였다. 혈관도 아주 쪼그라들어서 찾기 어려운데 굵은 20G의 바늘로 수액라인을 연결해야 했다. 모든 처치 물품을 준비해갔어도 환자 앞에 서면 떨렸다. 하지만 프리셉터 선생님의 손은 빠르고 정확했다. 함께 있는 간병인 여사님에게 할머니를 잡아달라 부탁을 하셨고 빠른 처치로 순식간에 일이 끝났다.

의사인 언니의 별명은 '땀자'라고 했다 땀을 많이 흘리는 성자라며 친구들이 붙여주었다. 언니 친구들은 별명도 참 기가 막히게 붙이는 재능이 있어서 한참을 웃은 기억이 난다. 나도 그날 땀자했다. 그날 환자에게 온통 신경을 쏟아 땀을 줄줄 흘렸다는 뜻이다. 미처 업무를 다 끝내지 못했던 나는 환자와 인계를 받은 선생님 앞에서 '땀자'일 수밖에 없었다. '끝날 때까지 끝난 것이 아니다.'라는 말이 정말 와닿았다. 내 모든 일이 제대로 '끝'이 나야 퇴근을 할 수 있다는 표현으로 자주 쓰이곤 했다.

하지만, 사실 '끝날 때까지 끝난 것이 아니다'는 말은 간호사의 퇴근이 늦어지는 오버타임의 경우에 적용되는 것과는 다른 의미를 가진 경우에서 쓰였다. 뉴욕 양키즈의 전설적인 야구선수인 요기베라가 한 말이었다. 스포츠의 세계에서 끝맺음을 잘한 선수가 결국 이긴다는 의미이다. 경기 초반에 지고 있어도 마지막에 기적적인 홈런으로 1점 차이로 이기게 될 수도 있다는 것이다. 단 1%의 승리의 가능성이 남아 있다면 그 1%를 내 것으로 만들어 승리를 이루자는 강력한 동기 부여가 담긴 명언이다.

생각보다 멋진 말이 과도한 업무에 치이는 대한민국 간호사들 사이에 정착해서 그 진정한 뜻이 가려졌다. 조금은 아쉬운 마음이 들어서 글로 남기게 되었다. 앞으로는 근무를 하면서 도저히 끝이 보이지 않는 업무지옥에 대해서 말하기보다 이제는 내 삶의 1%의 가능성과 잠재력을 드러낼 때 쓰는 명언으로 삼기로 했다.

지금 이제 생일이 지나면 29세가 된다. 나의 인생의 3분의 1이 지나갔다. 지나온 시간들을 되돌아볼 여유 없이 간호사의 하루는 병원 일에 퐁당 빠져 있다. 하지만 잠시 시간을 멈추고 인생에 대해서도 돌아볼 여유가 필요하다.

추운 겨울 날 마이너 병동이었던 우리 병동에 자리가 남아서 항암 치료를 받는 환자분이 입원하였다. 나는 외과병동 소속이기에 항암 치료의 과정이나 처방에 대해서도 굉장히 생소했었다. 그 환자분은 췌장암 환자분으로 계속적인 항암 치료를 유지하던 분이었다.

바쁜 하루 항암 프로토콜을 정리하고 투여하는 데 몇 번이고 시뮬레이션을 거치고 조언을 받아서 환자에게 항암제를 투약했다. 다행히 특별한 문제없이 환자의 불편감 호소 없이 잘 지나갔다. 그러던 중 갑자기 환자분이 나에게 말을 걸어왔다.

"선생님, 나 선생님 덕분에 다 나은 것 같아요. 항암제도 잘 들어서 암세포가 다 죽고 있는 것 같은 좋은 기분! 오늘 많이 바빠서 얼굴이 힘들어 보여요. 나에게 잘해줘서 너무 고마워요. 간호사 선생님."

그날 나는 환자분께 감사드린다면서 최대한 불편감이 없도록 체크를 더 자주 하고, 병원 생활을 오래하면서 겪었던 이야기도 들을 수 있었다. 눈물을 참느라 그날은 아주 혼이 났다.

이 환자분에게는 오늘 하루가 바로 삶의 기회이자 잡아야 할 희망이었다. 환자분은 항암 치료를 받으면서 온몸과 마음으로 말하고 있었다. '아직 내 삶은, 내 생명은 끝나지 않았어요. 끝날 때까지 끝난 것이 아니에요. 함께해줘서 고마워요.'

비록 혈액종양내과 병동은 아니었지만, 항암 치료를 받는 분을 케어하면서 그 환자분의 삶에 대한 절실한 눈빛을 아직도 나는 잊을 수가 없다.

지금 내게 있는 당연한 건강, 숨 쉴 수 있는 것, 먹고 마실 수 있는 당연한 것들은 환자들에게 당연한 것이 아니다. 기적이 일어나야만 누릴 수 있는 특권 같은 것이 되어버린다. 몸이 나약해지면 생에 대한 의지도 꺼져가는 촛불처럼 희미해지기도 한다. 하지만 내가 만났던 그 환자분은 아니었다. 야구 경기에서 9회말 역전홈런이라는 말이 있다. 마지막 순간에 극적인 역전승을 거두는 것이다.

우리의 인생에서 짜릿한 역전승을 마주하는 경험을 모든 사람이 하는 것은 아니기에 참 특별하다. 인생이라는 무대에서 자유로운 연극을 하는 우리에게 질병은 그 자유를 제한하는 무시무시한 괴물같이 보일 때가 있다. 비록 질병이 주는 두려움과 제한이라는 부정적인 측면이 있더라도 거기에서 좌절하지 않는 이들도 많다. 끝까지 남아 있는 1%의 가능성을 믿고 살 수 있다는 희망, 해낼 수 있다는 믿음을 잃지 않는 것이 중요하다.

간호사 생활을 하면서 나의 삶을 돌아보기로 했다. 나의 인생에서 짜릿한 역전승과 같이 한계를 뛰어넘는 경험을 하는 것이 중요하다고 느꼈다. 지금은 대학병원에서 근무했던 날들이 나의 기준점이 되었다. 열심히 노력하고 배워야 했던 외로운 싸움의 시간들이었다. 누구나 겪는 나만의 외로운 싸움의 시간을 겪고 있다는 생각이 들었다.

'끝날 때까지 끝난 것이 아니다.'라는 말이 이제는 기분이 좋게 들린다. 끝없는 업무에 파묻혀서 끝이 오기를 기다리는 수동적인 사람에서 벗어나자. 세상을 좀 더 나은 곳으로, 나의 인생을 좀 더 멋진 인생으로 바꾸기 위해서 1%의 가능성이 있다면 그 가능성을 믿고 도전하고 행동하는 삶. 그런 삶의 중요성을 깨닫게 해주는 소중한 말로 인식하기로 했다.

병동에서 오늘도 바쁘게 일하고 퇴근하는 간호사 선생님들에게 '끝날 때까지 끝난 것이 아니다.'라는 말보다 '결국 끝이 오게 되어 있습니다. 오늘도 힘내세요.'라는 말로 희망을 전달하고 싶다. 끝은 오기 마련이라는 사실이다. 바쁘게 일하다 보면 빨리 하루의 끝에 닿아 있다. 모든 간호사 선생님들의 칼퇴를 응원하면서 칼퇴근이 주는 행복이 다가오는 날이 오기를 기도해본다.

✚ 06

인성으로 공든 탑 쌓기

"인성도 능력이다."

간호학과에 편입학한 날 편입생을 모아둔 학장님의 첫 말씀이었다. 내가 맡은 환자의 안녕을 위해 나의 모든 에너지와 자원을 쓰라고 조언하셨다. 나는 이 말씀이 나의 대학병원 간호사 생활에서 1순위였다. 내가 행복하려면 결국 내 환자가 행복해야 하고 내가 기분 좋으려면 내 동료가 기분이 좋아야 한다는 생각으로 생활했다. 그렇다 보니 상대를 배려해야 한다는 생각이 과했던 적도 많다.

인성은 억지로 만든다고 해서 만들어질 수 있는 부분이 아니라고 생각한다. 내가 가진 성향에 대해서 잘 알고 내가 무엇을 좋아하고 어떤 환경에서 어떤 생각과 반응이 드는지 관찰해보아야 한다. 글로 써보는 것도 좋다.

"이 친구는 인성이 어때?" 동기들끼리도 함께 일하는 사람의 특성을 물을 때 꼭 묻는 질문이다. 인성이 무엇이기에 사람들이 중요하게 생각하는 걸까? 인성(personality)은 자신만의 생활 스타일로 다른 사람들과 구분되는 지속적이고 일관된 독특한 심리 및 행동 양식이다.

간호사에게 중요한 인성으로는 '측은지심'이라는 생각이 들었다. 혹시 '꼰대냐, 너무 뻔한 얘기 아니냐?'는 독자분들이 있을지 모르겠다. 하지만 간호사에게는 기본적으로 인간에 대한 안타까운 마음이 없다면 진정으로 환자와 동료와 소통하는 것도 열심히 간호사로 일하는 것도 동기부여가 잘 되지 않는다. 상대방도 곧 나와 같이 똑같은 사람이기에 상대방의 입장을 한 번이라도 더 생각해보는 것이 절대적으로 요구된다.

인성은 무 자르듯이 한마디로 말할 수 없지만, 상대방의 삶과 가치를 건강하게 지속할 수 있도록 도움을 주는 인성이 아름답다고 생각한다.

도움을 주지 못할망정 피해는 주지 말라는 말도 있다. 하지만 간호사에게는 좀 더 적극성이 필요하다. 환자가 스스로 건강한 상태를 유지하도록 간호 처치 및 환자 교육까지 하는 것이 우리의 일이기 때문이다.

좀 더 나은 인성을 기르려면 어떻게 해야 할까? 먼저 인간의 마음을 들여다보는 일이 중요하다고 생각한다. 인간은 누구나 보이고 싶지 않은 마음의 판도라 상자가 있다. 그것은 바로 트라우마이다. 혹은 남에게 보이고 싶지 않은 나의 약점이라고 할 수 있겠다. 내가 알고 있는 나이지만 남은 알고 있지 못한 나의 부분이다. 간호사로 일하면서 혹시 나에게 이 트라우마가 있는지 살펴보자. 그리고 내가 만나는 사람들의 약한 점이 있다면 그 부분 또한 인식해보자. 그 약점을 따뜻하고 보듬고 이성적으로 그 문제점을 해결하는 것에 초점을 두기 위함이다.

나의 마지막 직장에서 동료 선생님과 나누었던 대화가 기억난다. 선생님은 세상 어디에도 없는 밝고 명랑한 분이셨다. 선생님과의 추억은 짧았지만 행복한 에너지와 선생님만의 병원 이야기는 나에게도 신선한 자극을 주셨다.

선생님은 응급실을 5년을 경험하신 분이셨다. 응급실에서 교통사고로 인해 외상으로 입원하신 환자분을 만났던 기억이 아직도 생생하다고 하셨다. 환자분은 운전석 옆자리에 타셨던 분인데 일반적으로 의자에 앉은 자세가 아니라 자동차의 유리 아래 다리를 올리고 계셨다고 한다. 그래서 그 자세로 교통사고가 일어나다 보니 척추뼈가 골절되면서 그 체로 다리와 몸통이 접합된 모습으로 응급실에 찾아왔다고 한다. 그 이후로 선생님은 자동차 운전을 하시는 것이 어렵다고 하셨다.

그렇다. 우리는 갑자기 만난 충격적인 상황과 장면에 트라우마를 입는다. 혹은 가정에서, 학교생활에서 만난 친구들과의 상황에서, 이해할 수 없는 특정 사고에 휘말려서 고통을 겪기도 한다. 그 과정에서 우리는 고통스러운 감정도 배우고 나를 지키고 보호하는 방어막을 만들게 된다. 이 트라우마는 한 번에 해결할 수 없다. 천천히 자신의 마음을 알아봐주어야 한다. 우리는 이것을 가지고 일상생활을 하고 있다.

그래서 나의 해결되지 않은 아픔을 인식해서 이 부분으로 인해 두렵거나 불안한 상태로 치닫지 않도록 감정을 잘 절제하는 것이 좋다. 공부도 해야 하고 연애도 해야 하고 일도 해야 하는 욕심 많은 우리이니까 말이다. 그리고 함께 일하는 동료나 만나게 되는 환자들의 해결되지 않는 개인적인 문제와 아픔이 분명히 존재한다. 이 부분에 대해서 적극적으로 개입하는 것은 선을 넘을 수도 있다. 하지만 이 부분을 인식해서 나의 말 한마디나 작은 배려의 행동으로 위로의 손길을 전할 수 있다.

그때 사람을 소중히 여기는 그 마음이 바탕이 되어 행동하게 된다. 상대를 향한 존중하는 마음은 곧 나를 향한 존중의 마음과도 같다. 내가 당하기 싫은 것에 대해서 상대방도 당하기 싫어할 수 있다는 점이다. 그래서 이 부분을 나의 간호사 생활에도 적용하고 환자분들에게 설명이나 처치를 할 때 적용하고자 노력했다.

인성으로 공든 탑을 쌓는다는 것은 억지로 착한 행동과 입에 바른 소리를 하는 것과는 거리가 멀다. 그렇다고 해서 곰같이 우둔해서도 안 된다. 내가 병동에서 열심히 간호 업무를 하면서 기여하고 있다는 모습을 보여주고 어필해야 할 때도 있다. 보여주거나 말하지 않으면 상대는 내가 얼마나 열심히 했는지 알 길이 없다.

나는 항상 도움을 받은 후에 작은 비타민 하나라도 챙겨가서 감사 표현을 했다. 미숙한 나의 대처 대신의 시니어 선생님의 도움을 받은 날이면 너무 감사했다. 수술 후 진통제를 지속적으로 요구하는 환자에게 어떻게 말을 해야 할지 몰랐다. 그때 진통제는 4시간 간격으로 투여가 되어야 하는 원칙이 있고 진통제가 과다 투여될 경우 간 손상이 발생할 수 있다는 설명을 하시는 선생님의 모습을 보았다. 설명 하나라도 정확한 근거로 환자에게 제공하는 선생님들께 배운 것이 많다. 간호사로 바로 설 수 있도록 만들어주신 것은 8할은 시니어 선생님들의 가르침 덕분이다. 그 가르침을 받을 수 있다는 사실에 참 감사했다. 그래서 마음을 다해서 표현하고자 노력했지만 중요한 것은 나의 실력을 길러서 스스로 할 수 있는 사람이 되는 것이었다.

인성의 부분은 노력이 중요하다고 생각한다. 상대에 대한 기분 좋은 배려 이전에 업무적으로 나의 1인분을 해내고자 노력하는 자세가 중요하다. 간호사로서 능력을 제대로 길러서 혼자서도 할 수 있는 모습을 갖추자. 노력하는 자에게는 누구나 도와주는 손길을 뻗치게 되어 있다.

그리고 할 수 있다면 밝은 미소를 하루라도 지어보자. 미소천사가 될 순 없어도 좋다. 미소는 우리 삶을 행복하게 만들기 때문이다. 코로나가 유행하기 전에 얼굴을 다 볼 수 있던 시절 마주친 버스 아저씨가 기억난다. 피곤한 눈을 부비면서 학교 셔틀버스를 올라타던 순간에 버스 기사님은 아주 환하게 웃으며 "어서 와요. 학생."이라고 인사해주셨다. 밝은 미소가 주는 힘으로 지친 나의 아침을 환하게 열어주신 것은 가족도, 친구도 아닌 안면 없는 버스 기사님이었다.

그날 따뜻하고 밝은 미소의 힘을 처음으로 느꼈다. 내가 받았던 그 미소 덕분에 그날 하루는 내내 기분이 좋았다. 그래서 간호사로 일할 때에도 누군가에게 밝은 에너지를 줄 수 있는 기분 좋은 미소를 드려야겠다고 다짐한 적이 있다.

✚ 07

지속가능성을 꿈꾸다

나는 '지속가능성'이라는 말을 정말 좋아한다. 오래 간다는 것은 그만큼 유지력이 좋다는 의미이다. 명품 옷은 관리를 잘하면 10년, 20년이고 오래 입을 수 있다. 하지만 시장에서 산 5,000원 몸빼 바지는 쉽게 구멍이 나고 찢어진다. 나는 어떻게 하면 명품 옷처럼 가치가 있고 지속가능한 사람이 될 수 있을지 고민을 했다.

요즘은 Eco-Friendly 열풍이 불고 있다. 쓰레기와 오염을 줄여 지구를 건강하게 만들자는 취지이다. 이것처럼 내 삶을 건강하게 만드는 Life-

Freindly 사고가 필요하다고 생각한다. 지구의 환경오염에 대해 생각한다면 지속가능성이라는 개념의 중요성을 모두 이해하시리라 생각한다.

코로나 바이러스가 유행하면서 비대면 생활의 시대가 찾아왔다. 그래서 플라스틱 등 일회용품의 사용과 생산이 많이 늘어났다. 이렇게 어쩔 수 없는 상황에서는 플라스틱 제품이 정말 유용하다. 하지만 결국 일회용품은 버려지게 된다. 나는 이렇게 한 번 쓰고 버려지는 사람이 되고 싶지 않다는 생각을 자주 한다. 우리는 편하게 살기 위해서 비닐, 플라스틱 포장을 쓴다. 사람에 대해서도, 인생도 그렇게 낭비되고 있는 것들이 참 많다. 쓰고 나면 버려지고 다시 재활용되지 않는 것처럼 나의 하루를 임시방편으로 산다면 재활용 쓰레기와 다를 바 없다. 내 삶을 사랑할 줄 아는 직업과 사람들을 만나야 한다. 그날의 기분 좋은 감정, 다양한 생각을 온전히 느끼고 수용할 수 있는 하루를 채우는 것이 필요하다. 그렇다고 플라스틱을 사용하지 말라는 의도는 없다. 다만 내 인생에 빗대어 생각해보았다. '내 인생에서는 임시방편, 일회용품 같은 사람은 되지 말자'는 것이다.

임시방편으로 사는 삶은 사실 간호사 생활을 할 때 많이 느꼈다. 병원에 소속된 부품처럼 쓰여지는 느낌을 받을 때가 많다. 12시간 동안 밥을 못 먹고 화장실도 못 가다 보면 인간의 기본 욕구도 해결하지 못한 나는 처참한 기분을 느낀다. 무슨 부귀영화를 누리겠다고 이 자리에 이 직업을 하고 있냐는 생각이 불쑥 든다. 그래도 즐겁고 감사했던 것은 간호사라는 전문성과 기술로 경제적으로 자립했다는 점, 거기에서 만난 사람들에게 내 인생에 다시 없을 배움을 받았다는 점이다.

지속가능성을 꿈꾸게 해주었던 것은 그만큼 처절하게 살았던 시간이 있어서 그렇다. 안도현 시인의 시 「너에게 묻는다」에서 "연탄재 함부로 차지 마라. 너는 한 번이라도 누군가에게 뜨거운 적이 있었느냐."라고 묻는다. 나의 병원 생활 1년은 재가 될 만큼 마음도 육신도 산산이 부서졌던 순간이었다. 나 때문에 환자가 나빠질까 하는 두려움에 감정적으로 쉽게 흔들리곤 했다.

하지만 나는 일할 때 포커페이스라는 말을 많이 들었고 원칙주의자라는 말도 많이 들었다. 원칙을 지키면 그래도 잘못되거나 나쁜 행동은 하지 않게 되기 때문이다. 집에서 나의 감정을 쏟으면 쏟았지 일하는 곳에서 약한 모습을 보이고 싶지 않은 마음 또한 컸다. 지속가능한 삶을 살기 위해서 1년을 버티면서 꿈꾸기 시작했다. 나의 삶을 부품처럼 누군가의 가치에 의해 결정되고 지시를 받는 사람이 아닌 나로서 서고 싶다는 생각을 가지게 된 것이다.

독자 여러분은 듣기만 해도 기분 좋은 단어가 있는가. 꿈꾸는 간호사인 나는 지속가능성이라는 말을 들으면 엔돌핀이 돈다. 누군가에게 그렇게 오래가는 사람이 되고 싶기도 하다. 병원에서 퇴근을 하고 쉬는 동안 나는 책을 읽는 시간을 꼭 가졌다. 지금 내가 살고 있는 병원에서의 생활이 좋았다. 삼교대의 밤과 낮이 바뀌는 삶도 가슴이 뛰고 벅찼다. 하지만 건강하고 즐거운 '나'를 찾고 싶은 열망이 강하게 생겼다. '나'로서 더 자유롭게 살고 싶었다. 더 좋은 생활을 할 수 있는 삶이 분명히 있을 것 같다는 이유에서였다.

이때 나는 유튜브에서 경제적인 자유, 책쓰기에 대한 검색을 많이 했다. 그때 발견하게 된 유튜브 채널 〈김도사 TV〉, 〈인생라떼 권마담 TV〉를 만나게 되었다. 운명적인 만남이었다. 의식 성장, 책쓰기, 1인 창업, 크루즈 여행, 자수성가 부자의 비밀에 대해 생생한 스토리가 담겨 있다.

유튜브 채널 이름에 유독 눈이 갔다. 김도사님의 도사라는 뜻을 찾아보았다. '도사'라는 뜻은 도를 갈고 닦는 사람, 혹은 어떤 일에 도가 트여서 능숙하게 해내는 사람을 비유적으로 이르는 말이다. 어마어마한 표현이다. 자신에 대해서 도사라고 부르도록 정하실 정도라면 과연 어떤 분이실까 궁금증이 마구 솟았다.

'한국책쓰기1인창업코칭협회'(이하 〈한책협〉)의 김태광 대표님이다. 김도사 TV이외에도 〈천상의 가르침〉, 〈네빌고다드〉 채널을 운영 중이며 〈본좌클래스〉 온라인 플랫폼을 운영한다. 대한민국 최초 출판가이드 시스템 특허를 출원했다.

김태광 대표님은 24년간 286권의 저서를 기획 집필하셨고 초·중·고 교과서 16권에 글 수록, 11년간 1,100명의 작가를 배출한 놀라운 이력을 가진 분이다. 글쓰기를 사랑하는 나는 작가라는 멋진 꿈을 가슴에 묻어두고 있었다. '나도 작가가 될 수 있지 않을까?'라는 마음의 소리가 커지는 것을 발견했다. 그리고 그 소원을 이루기로 결심했다.

〈인생라떼 권마담 TV〉의 채널을 운영하시는 '권동희' 대표님이다. 마담(Madame)은 프랑스에서 예전에 귀족부인을 지칭하는 말이었다가 지금은 일상생활에서 여성을 존중하는 표현으로 쓰이는 말이다. 성을 붙여 '권마담'이라는 멋진 이름을 지으신 것이다.

위닝북스 출판사의 대표, 베스트셀러 작가, 청춘 멘토, 크루즈 여행가로 이미 수많은 사람들에게 큰 동기 부여를 주고 계신 분이다. 내면의 풍요를 통해 외부의 생생한 물질적 풍요 또한 이루어지는 놀라운 마인드까지 배우게 해주셨다.

이 두 분을 만나고 인생의 새로운 전환점을 맞이했다. 두 분의 삶을 통해서 지속가능한 삶을 배운다. 진짜 '나'를 찾기 위해서 용기 있는 선택을 하는 사람은 얼마나 될까? 자신의 부족함과 두려움과 정면으로 승부한 사람은 얼마 되지 않는다.

책쓰기와 의식 성장 분야에서 맨땅에 헤딩하면서 모든 시행착오를 겪으며 자신의 사업을 하는 두 분을 보았다. 그리고 내 삶도 그런 용기와 변화가 필요하다고 느꼈다.

지속가능한 삶은 결국 멋진 사람으로 사는 나만의 방식을 택하는 것이다. 지속가능성을 꿈꾸며 끄적였던 일기장에는 『사람은 무엇으로 사는가』의 저자 톨스토이의 글이 적혀 있다.

"사람의 내부에는 무엇이 있는가?"
"사람에게 허락되지 않는 것은 무엇인가?"
"사람은 무엇으로 사는가?"

첫 번째 질문에 대한 대답은 남을 불쌍이 여겨 아끼는 마음이다. 두 번째 질문의 대답은 내일의 나에게 무슨 일이 일어날지 아는 것이다. 세 번째 질문의 대답은 이기심이 아닌 사랑하는 마음이다.

나는 나의 삶을 지속가능한 삶으로 만들기 위해 이 3가지 질문을 적용해보고자 한다. 첫 질문은 '나의 내부에는 무엇이 있는가?'이다. 나는 시련을 축복으로 만들고 싶은 강한 욕구를 발견했다. 경제적인 어려움과 고통을 극복하고 싶다. 나만의 실력으로 성공하고 싶은 열망이 내게 있음을 알았다. 시련이 곧 축복이고 빚이 곧 빛이 되는 삶을 살기로 했다.

나에게 허락되지 않은 것은 무엇일까? 그것은 안일하게 안주하는 삶이다. 과거의 모습이 마음에 들지 않는다면 그 모습은 바꿔 마땅한 모습인데도 용기가 없어서 실천하지 못한다. 끊임없이 더 높은 곳을 향하는 적극적인 욕망을 긍정할 때 삶은 더 나은 곳으로 나를 데려가 주기 마련이다.

마지막 질문인 '나는 무엇으로 사는가?'에서는 사랑·희망·행복. 모든 긍정적인 말들로 표현하고자 한다. 이 긍정적인 말들을 알려면 그 반대편의 부정적인 말의 의미를 알아야 한다. 뜨거운 사막에서 물의 소중함을 알 듯이 아픔과 가난을 느껴본 사람만이 행복과 풍요를 진정으로 누릴 수 있다. 부모님과 떨어져봐야 부모님의 소중함을 알 듯이 말이다.

나는 지속가능성이라는 말이 다시 들어도 좋다. 그동안 임시방편으로 살았기 때문이다. 하루를 살아도 기분이 좋은 하루, 하루를 살아도 내가 스스로 선택한 일에 대해서 행복한 책임감을 느낄 수 있는 것. 그 삶을 선택할 수 있도록 도와주신 김태광 대표님, 권동희 대표님께 감사의 말씀을 전하고 싶다.

꿈의 언저리에서 <한책협>을 만나다

꿈을 사랑하는 사람은 그 꿈을 닮아가고 이룬다. 우리 인생은 오래 살게 되면 100년의 삶을 살게 된다. 앞으로 남은 삶을 어떻게 가꿀지는 나의 선택에 달려 있다. 어릴 적 나의 꿈은 무엇이었을까? 생각해보면 순수하고 소박했다. 평범한 현모양처가 되라는 소리도 들었다. 지금 생각하면 기겁할 소리지만 말이다. 나는 의사, 간호사, 선생님, 신학자, 성경연구가 등 다양한 희망 직업이 있었다.

학생으로 평범하게 학교생활을 하면서 나는 주어진 공부만 하고 지내던 시간이 많다. 직업 선택에서 많은 방황을 했다. 그때 사랑하는 이모부의 한마디가 기억난다.

"민지야, 네가 하고 싶은 일을 하려면 돈을 벌어야 돼. 돈을 벌고 자립해서 경제적 자립을 하면 그 다음부터 네 맘대로 해. 대신 직업은 꼭 가져야 해."

그 다음부터 나는 취업에 성공해야겠다는 한 가지 목표밖에 없었다. 나는 그래서 의료인이셨던 고모와 언니의 도움으로 간호사가 되었다. 하지만 간호사의 삶은 녹록치 않았다. 이제는 좋아하는 사람과 좋아하는 일을 하면서 원하는 시간에 일을 하고 싶은 소원을 발견했다. 평범한 직장인으로 착하게 살아가도록 교육받았던 나는 더 이상 '착한' 어린아이가 아닌 것이다. 내 삶의 목적지를 스스로 선택하고 그에 대한 책임을 지고 살아갈 권리와 의무가 있다. 또다시 삶의 새로운 분야를 찾기 시작했던 나는 지방대학병원 상근직으로 근무지를 이직하게 되었다. 그러면서 책 쓰기를 시작했다.

〈한국책쓰기1인창업코칭협회(이하 한책협)〉에 첫 걸음을 내딛는 순간 좋은 향기가 났다. 삶의 향기였다. 그리고 모든 책 한 권, 한 권에 그 향기가 배어 있었다. 1,100명의 작가가 배출된 곳에 발을 내딛는 순간 삶의 이야기가 담긴 보물지도를 만난 기분이 들었다. 시련이라는 행운으로 가는 표지판을 보고 들린 곳. 우연 같아 보이는 필연인 곳을 만나게 된 것이다.

나는 이제 '간호사'라는 직업을 넘어서 간호사 '작가'라는 새로운 타이틀을 얻었다. 성공해서 책을 쓰는 것이 아니라 책을 써야 성공한다는 김태광 대표님의 명언은 의식의 전환을 가져다주었다. 책을 쓰는 것은 A4 100장 이상의 분량을 쓰는 긴 작업이다. 하지만 지금까지 자신이 살아온 경험과 깨달음에 대해 말하는 것을 좋아한다면 그것을 글로 담아내는 것은 즐거운 과정임을 발견하였다. 김태광 대표님을 만난 이후로 '작가'가 되어 책을 쓴다는 것은 진정한 '나'를 만나는 과정임을 깨닫게 되었다. 과거의 부끄러웠던 모습과 부족한 나를 인정하는 과정이다. 과거의 내 모습을 인정하면 이제 더 나은 나를 꿈꾸게 된다. 작가가 된다는 것은 가슴이 뛰는 꿈을 이룬 성공의 모습을 그리는 과정인 것이다.

김태광 대표님의 『독설』에서는 성공으로 가는 직언의 글이 담겨 있다. 가장 인상적인 문구를 소개하고자 한다.

"성공으로 나아가다 보면 숱한 어려움을 맞닥뜨린다. 그때마다 마음속에선 전쟁이 일어난다. 절대 그 마음의 전쟁에서 패하면 안 된다. 스스로에게 실망하거나 시련이 태산처럼 느껴지더라도 어깨를 꼿꼿이 한 채 이렇게 외쳐라. 나는 결국 이길 것이다. 나는 결국 성공할 것이다."

최근에 나는 간호학과 학생, 간호사뿐만 아니라 다른 분야에서도 똑같은 고민을 하고 있다는 것을 알게 되었다. 병원 헬스장에서 PT를 받던 중 PT 선생님과의 대화였다. PT 선생님은 운동처방학과에서 공부를 하였다. 최근에 이직을 고민하고 있던 선생님은 정규직도, 계약직도 아닌 알바 형식으로 일하고 있는 분이었다. 새로운 곳으로 이직을 준비하던 중 현재 일하는 직장에서의 업무상 트러블을 겪게 된 상황을 듣게 되었다. 병원 안의 헬스장이다 보니 병원의 인력 부족의 시스템 속에서 상사의 말이 절대적인 상황이었다.

나는 PT 선생님의 이야기를 듣고 생각했다. 어느 곳을 가든지 우리 앞에 마주한 세상의 피라미드 구조 앞에서 겪는 마음은 다 같은 마음이라는 것이다. 알바는 계약직을 꿈꾸고, 계약직은 정규직을 꿈꾼다. 정규직은 퇴사를 꿈꿀지도 모르겠다. 누구나 가슴 속에 사직서를 품고 다닌다는 사실은 부정할 수 없다. 항상 내가 속한 위치보다 높은 위치를 바라보고 살아간다는 점이다.

인간은 누구나 높은 곳을 향하기 마련이다. 더 잘되고 싶고 성공하고 싶은 것은 지극히 정상이다. 그래서 이직도 하고 새로운 분야로 전향하기도 한다. 이직의 과정에서 겪는 트러블을 보면서 앞으로 더 밝은 미래를 향해 선택하는 사람을 존중해야 한다는 생각이 들었다. 병원에서 사람을 진정으로 존중하며 대하기는 어렵다. 사실 알바라면 알바에 맞는 돈과 대우를 할 뿐인 것이다.

PT 선생님에게는 상사의 조언이 있었을 것이다. 윗사람은 아랫사람에게 요구사항을 전달한다. 거기에 진짜 배움이 있는 것이 사실이다. 하지만 보통 직장은 그 위치를 사용해서 억누르고 강압적이고 일방적인 제시를 하는 경우가 많다. 우리는 그것을 당연하게 받아들인다. 누군가의 인생을 애정을 담고 그 사람이 잘되기를 바라는 것은 쉽지 않다. 특히 사회생활에서 만난 사람들은 이해관계가 얽혀 있기 때문에 한 개인의 입장이 소중하게 존중받지 못하는 경우가 허다한 것이다. 안타깝지만 우리는 이 현실을 받아들여야만 한다.

우리는 학교생활을 하면서, 직장생활을 하면서 특히 자주 듣는 이야기가 있다. "너만 힘든 거 아니야. 앞으로 살아가면서 지금보다 더 힘든 일이 많아. 지금 이건 아무것도 아니야." 하지만 말하고 싶다. "지금 나 힘들어."라고 말해야 한다는 것이다. 비록 받아들여지지 않을지라도 말이다. 힘든 감정을 느끼고 표현하면서 깨닫게 된다. 내가 진정으로 되고 싶은 나의 모습을 발견하게 된다. 거기에 삶의 변화가 있고 그 변화는 성공의 문을 여는 열쇠이다.

나의 꿈은 간호사라는 특성을 살려 간호사를 꿈꾸는 사람들의 꿈을 이루는 일에 희망을 주는 강연가가 되는 것이다. 간호사라는 직업 분야를 넘어서서 삶에 대한 꿈과 희망에 대한 동기부여가도 꿈꾼다. 또한 일기쓰기를 사랑했던 나는 〈한책협〉과의 만남에서 작가가 되는 멋진 꿈까지 얻게 되었다.

이제는 안다. 나를 잃을 정도로 처절하게 살 필요는 없다는 사실이다. 내가 즐거운 일을 하면서 즐거운 사람들과 하고 싶은 만큼 일하는 삶을 살고자 정한 것이다.

삶을 내가 개척하기 시작할 때 우주에서 내가 알지 못한 길과 행운을 열어준다. 지금 스타벅스에서 아침 일찍 출근하여 원고를 쓰고 있는 내 모습을 사진으로 찍어두었다. 작가의 하루를 사진으로 남기면서 더 없이 행복한 감정이 밀려온다.

1층에서 100층으로 올라가기 위해서는 높이 서 있는 멘토의 끌어올림

이 없이는 불가능하다는 사실을 깨달았다. 삶의 향기가 깊이 배어 있는

〈한책협〉에서 저자에서 작가로 갈 수 있는 행복한 초대는 우리 모두에게

열려 있다.

5장

현실에 안주하지 않고 꿈꾸는 간호사로 살고 싶다

간호사를
선택한

당신에게
꼭 전하고 싶은 말

인생을 일깨운 3대 사건

대학병원에서는 많은 일이 일어난다. 곁에서 보기에는 평화로워 보일지라도 말이다. 하지만 그 안에서는 피 튀기는 전쟁터와 같다. 환자를 사이에 두고 저승사자와 씨름하는 현장이다. 이 현장의 중심에 간호사가서 있다.

간호사는 우리나라 보건의료 인력 중 52% 이상을 차지한다. 하지만 신규 간호사의 67%는 1년 내 퇴직을 고려한다는 연구 결과가 있다. 이직이잦고 퇴사율이 높은 우리나라의 현실에도 불구하고 병원을 버티는 든든한 버팀목 중 하나가 바로 간호사이다. 나는 대학병원 간호사 생활을 하면서 나의 인생을 일깨운 3대 사건을 만났다.

3대 사건 중 첫 번째 사건은 나의 간호사 생활의 시작이었던 첫 원티드 부서였던 응급중환자실에서 겪은 이야기이다. 응급중환자실에서의 나의 첫 간호사 생활을 보내며 인생에서 '선택의 중요성'을 깨닫게 되었다.

나는 처음에 병원 원티드 부서를 중환자실로 지원했다. 그 이유는 중환자실 간호사가 정말 멋있어 보였기 때문이다. 간호학생 때 중환자실 실습을 하면서 만났던 수간호사 선생님의 모습을 보고 꿈을 품었다. 환자의 치료 방향을 결정하는 교수님과 직접 의사소통하며, 병동의 전반적인 업무를 총괄하는 모습이 원더우먼은 저리 가라고 할 정도였다.

수간호사는 팀원 간호사에게 경험적으로 절대적인 실무 조언을 한다. 응급 상황에 빠르고 정확한 판단력, 그 모든 것은 하나의 예술이었다. 수간호사가 되어 나의 전문성을 최고로 만들겠다는 열의로 가득 찼었다. 지금 생각해보면 내가 정말 즐겁게 할 수 있는 일을 고려하지 않은 채 위대한 왕관만을 쓰려고 했던 선택이었다. 이 결정을 통해 이상과 현실의 괴리감을 처절하게 맛보고 깨닫는 시작을 만난 것이다.

중환자실 근무에서 12시간 이상을 근무한 날 한 번도 의자에 앉지 못했던 적이 기억이 난다. 내가 담당하는 환자는 4명. 그 안에서 환자의 바이탈 사인(혈압, 맥박, 호흡 수, 체온)을 수시로 확인해야 하며, 의식상태(명료, 기면, 혼수 등), 동공 크기, 근육 강도 사정 등 급변하는 상태에 민감한 관찰력은 필수이다. 또한, 법적 근거로 작용하는 간호기록, Ventilator(기계적 호흡보조기), CRRT(신장투석치료기) 등 의료기기 사용법, 의사 및 시니어 선생님과의 의사소통 방법을 알아야 한다. 또한 응급 상황으로 환자가 호흡이 불가능한 경우 이루어지는 Intubation(기관 내 삽관), 다양한 시술과 검사 전후 처치, 입·퇴원 준비, 혈액검사 수치에 대한 이해 및 보고, 인계 준비 등의 업무를 한다. 중환자실 간호사는 이 모든 것을 빠르고, 실수가 없도록, 전달력 있게, 똑똑하게 해내야 한다. 나는 망망대해에 홀로 남겨진 돛단배를 탄 듯한 느낌을 받았다.

프리셉터 선생님께 배우면서 사지에 힘이 빠져서 입원하신 할머니가 계셨다. 치매와 암 등 질환력이 있어서 중환자실 케어를 받기 위해 오셨다. 혈관을 찾기 어려워서 발등에 작은 혈관에 수액 줄이 연결되어 있었고 소변줄, 위장관, 맥박과 혈압 측정을 위한 줄 등 온몸에 생명줄로 연결되어 있었다.

어느 날 할머니의 기저귀도 갈아드리고 욕창 예방을 위해 4시간에 1번씩 체위를 변경하던 날이었다. 갑자기 할머니는 기분이 언짢으셨는지 이를 갈면서 나의 팔뚝 안쪽을 세게 꼬집으신 것이다. "으악! 아파요 할머니!!" 하며 소리를 쳤지만 얼마나 손맛이 매서우셨던지 모른다. 내 팔뚝은 아이스크림 죠스바처럼 보라색으로 물들었고 내 마음도 보라색으로 물들었다. 그래도 나는 할머니를 지켜야 하는 간호사였다. 나의 아픔과 감정에 흔들리면 안 된다. 내가 맡은 일을 책임져야 했다. 약물 투여, 환자 상태 확인, 의사 처방 확인 후 채혈검사 등의 나의 일을 충실히 해야 했다. 나의 아픔은 중요한 게 아니었다.

게다가 응급중환자실은 응급실에서 넘어오는 중증 환자를 보는 곳이다. 한쪽에서는 숨이 차서 괴로워하고 있고, 한쪽에서는 피가 섞인 변을 본다. 한쪽에서는 환자 안전을 위해 적용한 억제대를 풀어달라고 소리치는 분도 있다. 다이나믹한 환자들의 상태를 빠르고 정확하게 파악하고 내가 해야 할 간호 업무를 똑바로 해야 했다.

혈변을 호소하면 그 양이 얼마인지, 간격이 어떤지, 들어가는 약물이 효과가 없다는 것을 파악하고 환자의 활력 징후를 측정하여 빠르게 의사에게 콜을 해야 한다. 호흡 곤란 환자라면 무엇보다 응급하다. 활력 징후 측정 후 바로 의사와 소통해야 한다. 그 외에도 가슴 통증(보통 심근경색, 부정맥 등의 환자), 자살을 목적으로 약물을 과다 복용하여 퇴원을 요구하는 불안정한 환자 등 다양한 상황을 마주했다.

간호사로 일한 첫 한 달이 어떻게 흘러갔는지도 잘 기억이 나질 않는다. 나는 '과연 내가 해낼 수 있는 일이 맞을까? 나의 무지와 느린 처치 때문에 환자가 피해 보거나 혹은 죽게 되면 어쩌지? 왜 이러한 업무 과정을 제대로 알고 지원하지 못했을까?' 하며 큰 혼란에 빠졌다. 그리고 중환자실 업무를 버티지 못했다. 아니, 한 발자국도 서 있기 어려웠다. 결국 병동으로 로테이션을 신청한 것이다.

나의 첫 간호사 시작의 한 달은 매운 맛 그 자체였다. 들 수 없는 거대한 돌을 들어야만 하는 것처럼 느껴졌다. 항상 모든 결정이 옳은 것도 아니었고 다 잘할 수는 없다는 것을 인정하게 된 경험이었다. 제대로 일할 수 있는 곳을 가는 것이 중요하다. 일단 낙오되지는 말자는 마음으로 로테이션을 했다. 내 기준에서 하기 어려운 일을 과도하게 떠안아서 나를 해치지는 말자. 나를 위한 선택을 우선해야 환자를 위한 간호사도 될 수 있지 않을까. 어떤 선택도 배움과 성장이 있는 것이다.

인생을 뒤바꿀만 한 자극을 여러 번 마주하는 삶의 페이지에서는 한순간도 방심은 금물이다. 그렇게 병동에서의 나날도 잠든 인생을 흔들어 깨우는 일들이 다양했다. 나의 인생을 일깨운 두 번째 사건은 간호사는 육체뿐만 아니라 정신까지도 간호해야 함을 느꼈던 일이다.

아직도 생생한 '수술방 사건'이다. 수술방에서 환자를 모셔올 때였다. 나는 그 환자의 담당 간호사가 아니어서 환자의 캐릭터나 수술받은 종류 등에 대해 알지 못하고 일단 환자를 이송해오는 일을 하던 중이었다. 그때 환자가 나에게 "교수님이 수술방에서 한 번에 두 명의 환자도 동시에 수술을 해요?"라는 질문을 했다. 그때 나는 바쁜 와중이라서 환자의 질문에 대수롭지 않게 대답했다. 사실 환자의 질문 의도가 무엇인지 몰랐다. 수술방에서는 한 명의 환자만 수술하는 당연한 사실에 대해서 너무 뻔한 질문을 한다고 생각했다. 그래서 "수술 환자가 많다 보니 여러 명을 수술하는 교수님이 많지요."라고 대충 대답을 하게 된 것이다. 나의 답변 한마디를 듣고 환자는 그 자리에서 어마어마한 컴플레인을 걸어왔다.

"아니! 어떻게 그럴 수가 있어? 이 간호사가 그랬어. 동시에 두 명을 수술한다고! 그래서 내가 지금 수술을 제대로 못 받아서 재수술을 몇 번을 받는 거야? 교수 데려와, 교수. 아니, 병원장을 데리고 와! 더 이상 분하고 억울하고 화가 나서 나 어디에도 안 갈 거야. 당장 의사 데려와!" 하면서 울분을 토해내는 것이었다. 내가 그 상황에서 환자를 좋은 말로 설득하고 나의 말실수에 대해서 사과를 해도 환자는 절대 내 이야기를 다시 들어주지 않았다.

이때 시니어 선생님이 책임을 지고 나 대신 환자에게 사과를 하셨다. 그리고 나의 미숙한 대처가 큰 차질을 발생시킬 수도 있다는 것도 알려주셨다. 다행히 환자의 상태가 나빠진 것은 아니기 때문에 더 이상 걱정은 하지 말라고 하시는 선생님 말씀이 정말 큰 위로였다. 하지만 나는 이날 병동에서 눈이 시뻘개지도록 울었다. 눈물이 멈추지 않을 정도로 놀랐다. 나의 별스럽지 않은 한마디로 환자의 엄청난 분노와 탄식을 하게 만든 죄책감이 너무 심했기 때문이다.

수술방 컴플레인 사건을 통해서 '말'의 중요성을 배웠다. 또한 의료인이 갖는 책임감의 무게를 다시 한 번 느꼈다. 간호사는 의료인이고 그만큼 의료인의 행동과 말을 환자들이 중요하게 생각한다. 나의 말 한마디로 환자의 치료에 차질이 생기는 것은 정말 조심해야 함을 크게 경험한 시간이었다. 간호사는 환자의 육체와 정신을 둘 다 중요하게 생각하고 그에 대해서 전문적으로 케어할 수 있는 기술과 방법을 늘 익히고 숙지해야 한다.

마지막으로 나의 인생을 일깨운 3대 사건 중 하나는 '칭찬카드'를 받은 날이다. 나의 처음이자 마지막인 칭찬카드는 비뇨기과 환자분에게서 받았다. 만성 간경화로 인해서 신체 내 출혈이 발생하는 분이어서 입원 동안 지속적으로 Hb(적혈구수치) 검사를 진행해야 했다. 신체 내 출혈이 심하면 적혈구 수치가 낮아지고 저혈량성 쇼크가 일어날 수 있어서 반드시 수혈을 받아야 하는 상황이었다. 환자분은 수혈을 위해 꽂아둔 주사 부위가 매우 불편하다고 호소했다. 그래서 수혈을 받고 나서 바로 주사 카테터를 계속 빼달라고 하셨다. 보통 한 번 주사 부위를 찌르면 3일 정도를 유지하는데 다시 찔러도 괜찮으니 빼달라고 하는 것이었다.

다른 선생님들은 안색을 붉히기도 하였고 환자를 설득하기도 했다. 하지만 환자분은 완고하게 자신이 원하는 대로 요구했다. 나는 이때 환자분이 요구하는 것에 대해서 아무 말을 하지 않았다. 나도 참을 수 없는 불편한 상황을 최대한 피하고 싶은 그 마음이 너무 이해가 갔다. 그래서 주사를 빼달라면 빼주고 놔야 하면 놓고 또다시 빼드렸다.

이때 환자분께서 나의 모습을 보고 이름을 물어보셨다. 그리고는 무심한 듯 턱하니 병동 알림통에 칭찬카드를 넣고 가시는 모습을 보았다. 보통 이름을 묻는 경우는 화가 나서 신고하고 싶을 때나 아니면 칭찬카드를 써줄 때이다. 이때 퇴근할 때 두근거리는 맘을 부여잡고 알림통의 카드를 확인해보니 정말로 나에 대한 칭찬카드를 써주신 것이었다. 사실 그 칭찬카드가 뭐라고 이렇게 길게 쓸 일인가 싶다. 하지만 나의 작은 노력이 누군가에게 진심으로 고맙게 느끼도록 닿았구나 싶어서 날아갈 듯이 기분이 좋았다. 나의 노력이 결코 헛된 것이 아니라는 믿음까지도 더 크게 만들어주었다. 칭찬카드를 써주신 그 환자분께 오히려 내가 더욱 감사했다.

간호사 생활에서 나의 3대 사건은 마치 어제와 같이 생생하다. 마치 한여름에 폭풍이 지나간 것처럼 강렬한 경험이었다. 폭풍이 쓸고 지나간 자리는 파괴되었지만 새롭게 청소가 된 것이기도 하다. 폭풍우 같은 경험 속에서 다시 밝은 태양이 떠오르는 듯한 깨달음을 얻게 됨을 다시 한 번 느낀다. 시련을 통한 발전과 성장은 그 무엇과도 바꿀 수 없는 큰 변화를 인생에 안겨주었다.

02

임상을 떠나 진짜 '나' 찾기

'오늘도 하얗게 불태웠어.'

입에 단내가 나도록, 발에 불이 나도록 병동을 누비고 나오는 말이다. 이브닝 근무를 퇴근했던 어느 날이었다. 문득 핸드폰 사진첩을 보면서 아무 생각 없이 터벅터벅 집으로 걸어오던 날이었다. 문득 열심히 일하고 바쁘게 살다가 핸드폰 사진을 봤다. 모두 일, 일, 일. 새롭게 알게 된 병원 업무 지식에 대한 사진으로만 가득 찼던 핸드폰을 보았다. 갑자기 머리가 텅 빈 느낌이 들었다. 업무를 채우면 채울수록 나는 사라지고 있었다. 그때 트롯트 신동 정동원의 '여백'이라는 노래를 듣고 머리를 탕하고 맞은 느낌이 들었다. 그 노래의 가사 중에서 가장 와닿는 한 구절이 있다. "전화기 충전은 잘하면서 내 삶은 충전하지 못하고 사네~ 마음의 여백이 없어서 인생을 쫓기듯 그렸네."라는 가사이다. 내 마음을 안아줄 사람은 결국 나밖에 없음을 느꼈다. 나를 구해줄 사람은 결국 나 자신이다.

누군가는 말한다. "징징거리지 마. 네 할 일을 네가 하는 것은 당연한 거야. 네가 선택한 길이잖아. 제발 그만해."라고 말이다. 맞다. 다 맞는 말이다. 나는 내 마음을 알아주기로 선택했다. 더 이상 미루면 안 되는 숙제처럼 더 이상은 미룰 수 없는 일이었다. 매일 그날 하루에 대한 나의 생각과 감정이 다양하게 일어났다. 충분히 느끼고 안아줄 틈 없이 힘든 일은 잊으려고 애쓰기만 했었다. 이제는 마음을 알아달라는 신호를 더 이상 무시하지 않기로 결정했다. '나'를 찾아야 한다는 SOS 사인을 발견했기 때문이다.

여느 날과 다름없이 병동에서 열심히 일했다. 일에만 집중했던 3~4개월째에 갑자기 환자의 급격한 상태 변화를 겪은 하루였다. 일에만 치중되어 있던 나는 아무리 열심히 하려고 노력해도 내 맘대로 되지 않는 불가항력적인 힘을 느꼈다. 그래서 더욱 열심히 하려고 했고 그 결과 몸도 마음도 꽤 지쳤다는 사실을 발견했다. 그래도 환자를 지키고 살려야 하는 간호사의 하루는 나의 생각과 느낌보다는 업무를 빠르게 잘하는 것에 치중되어 있을 뿐이다. 그러던 중 급격하게 환자가 나빠지는 경험을 했다.

환자의 가장 최악의 신체적 상태는 심장이 멈춰서 CPR(심폐소생술)을 해야 하는 응급 상황이다. 병동에서 가장 재원 기간이 길었던 혈액종양내과 환자분이 기억난다. 그날은 유독 직감적으로도 느낌이 좋지 않은 날이었다. 그날 나는 Day 근무였다. 나이트 선생님께 환자의 상태가 현재 좋지 않다는 인계를 받았다. '설마 CPR이 터지는 것은 아니겠지? 아닐 거야. 나는 환타는 아니니까!'라고 생각했다. (환타라고 한다면 환자를 탄다는 의미이다. 환타인 사람이 근무하면 응급 상황이 터지고, 입원 환자가 늘게 된다.) 정말 말이 씨가 된다, 생각이 씨가 된다는 말을 경험했다. 갑자가 보호자가 뛰쳐나오더니 환자가 가슴이 너무 아프다고 하면서 정신을 잃기 시작하는 것이었다.

그렇게 환자의 심박동수는 줄어들고 있었고 38도 이상의 고열로 환자는 의식을 점차 잃어갔다. 내과 전공의는 빠르게 심박동을 올리는 약물을 처방했고 바로 약을 투여했다. 산소 투여 수치를 최대로 높이고 환자의 가슴을 세게 때리며 환자를 깨우는 일이 전부였다. CPR 방송을 할 시간도 없이 베드 채로 중환자실에 내려갔다. 그 환자는 반드시 생명을 연명해야만 하는 개인적인 사정이 크게 있는 분이었다. 전공의는 중환자실 자리를 알아보았고, 수간호사 선생님과 시니어 선생님들의 빠른 대처 덕분에 나는 지시사항대로 내가 할 수 있는 일을 했다. 전동 간호기록지, 환자에게 적극적인 처치를 시행하는 상황에 대한 간호기록을 하고 뛰어다녔다.

모든 상황이 일단락된 후 응급 상황에 대한 대처가 미숙한 부분에 대해서 많이 혼났다. 외과병동 특성상 CPR이 나는 경우가 적다 보니 응급 상황 대처에 대한 경험이 부족할 수밖에 없던 것이다. 내 환자였기에 나는 죄인같이 느껴졌다. 환자의 상태가 나 때문에 나빠진 것이 아니었어도 나의 책임은 분명히 있는 것이다. 신규인데 어려운 환자를 본다면 부탁할 일거리만 늘기 때문이다. 그래서 환자의 신체의 전반적인 상태를 간호하는 간호사의 전문성은 경험에서 온전히 습득해야 함을 배웠다. 이렇게 환자에게 최선의 간호를 제공해야 하기 때문에 쉴 새 없이 공부하기에 매진했다.

그 일이 있은 후 그 다음 주에 Day 근무를 4일 연속으로 하게 되었다. 가을이 되어서 그런지 쌀쌀한 날씨뿐만 아니라 내 마음도, 몸도 곧 쌀쌀

해졌다. 며칠 전 환자 상태가 안 좋아지면서 급격하게 스트레스를 받았던 일과 새벽 5시에 출근하는 Day 업무에서 과로를 한 것이다. Day 근무의 4일째 되던 날 퇴근을 하고 갑자기 38~39도 고열에 시달렸고 속이 메스꺼워 구토가 계속 나왔다. 그래서 병가를 내게 되었고 응급실로 향했다. 다른 간호사 선생님들의 경우 수액을 맞으면서 일하기도 하고, 임신한 채로 근무하기도 하는 대단한 체력의 소유자도 많다. 하지만 나는 더 이상 일을 할 수 없었다. 그냥 드러누웠다. 게다가 코로나가 유행이어서 코로나 의심 격리구역 존에 입원하게 되었다.

수액과 맥쏘롱(오심 및 구토 치료제) 약을 맞고 열이 37.5로 떨어졌다. 그리고 일하면서 밥도 먹지 않고 퇴근을 빨리 하고 싶은 욕심에 과로했던 내 자신에 대해 허탈감이 많이 느껴졌다. 언니가 같은 병원에서 일하고 있어서 다행히 상태도 봐주러 오고 큰 힘이 되어주었다.

수액을 맞으면서 응급실 천장을 바라보면서 환자의 기분과 감정에 대해서 다시 한 번 느낄 수 있었다. 절망스럽기도 하고 걱정이 든다. 수액이 들어가는 팔은 차갑고 응급실 위의 천장의 형광등도 파란 빛이 도는 차가운 느낌뿐이었다. 아프면 서럽다. 지금 여기 응급실에 어쩌다 누워 있게 된 것인지 그동안 있었던 일들을 떠올려보았다. 과연 몸이 망가지기까지 내가 하는 일이 과연 맞는 것인가 하는 의문도 많이 들었다. 응급실에서 퇴원을 하고 해열제와 항구토제를 처방받고 집으로 돌아갔다. 그런데도 열은 잡히지 않았고 머리가 지끈지끈 아팠다. 그리고는 잠을 청했고 다시 추가로 오프를 받았다.

그다음 날 아침에 일어나도 몸 상태는 좋지 않았고 결국 나는 공주 마곡사로 홀쩍 떠났다. 절에 가면 마음이 편해질 것 같아서였다. 하지만 나는 마곡사까지는 가지 못하고 공주 마곡사 가는 길 고속도로의 갓길에 도착하고 소리 내서 오열했다. 지금 생각하면 피식 하고 웃음이 나기도 하고 그때 뭐가 그리 서러워서 울었는지 안타깝기도 하다. 하지만 그날은 찐이었다. 자동차가 떠나가도록 나는 소리 내서 울었다.

열심히 일했어도 칭찬보다는 혼나는 일이 많고 몸까지 아프고 열이 나니 그냥 모든 것이 가혹하게만 느껴졌던 시간이다. 아직도 그 고속도로 갓길을 잊지 못한다. 앞으로 그렇게 울부짖게 될 날이 없으면 하지만, 그만큼 격한 감정도 다시 느끼기 힘들지도 모르겠다. 나는 한 30분을 내리 그곳에서 감정을 토해냈다. 울면서 다시 한 번 느꼈다. 내 마음을 안아줄 사람, 나를 구할 사람은 지금 나뿐이라는 것이다. 내 마음의 지친 SOS 신호를 무시하다가는 '나'를 잃게 된다는 것을 뼈저리게 느꼈다.

임상을 떠나 진짜 '나'를 찾는 결심을 했던 날은 공주 마곡사를 가던 고속도로 갓길에서 시작되었다. 누군가를 살리는 사람이 되기 이전에 미안하지만, 나부터 살아야겠다고 생각했다. 만일 그날처럼 절망의 가을이 없었더라면 진짜 '나'를 찾고 싶다는 생각이 들지 않았을 것이다. 사직서를 낼 용기도, 내가 좋아하는 일을 찾고 그 일을 하는 시도조차도 하지 못했을 것이다. 그 절망의 가을을 나는 사랑하기로 했다.

시련은 나에게 축복을 여는 문인 것이다. 임상을 떠나서 간호사가 할 수 있는 일은 무궁무진하다. 일단 1년은 버텨서 어떻게 해서든 경력을 쌓기로 마음을 먹었다. 그리고 내가 좋아하는 일을 하면서 돈을 버는 사람이 되기로 마음먹었다. 무엇보다도 오늘 하루의 나의 생각과 감정을 충분히 안아주는 여유를 가진 사람이 되고 싶었다. 예쁜 모습이든 못난 모습이든 다 안아주고 소화할 수 있는 그런 넓은 마음을 나에게 주기로 마음먹었다. 나를 안아줄 때 진짜 '나'를 발견할 수 있기 때문이다.

03

책쓰기는 내 운명

"펜은 칼보다 강하다."

고등학생시절에 영어단어장에 적혀 있는 명언 한 구절이었다. 어떻게 작은 막대기에 불과한 펜이 물리적으로 더 강한 칼보다 강할 수 있을까. 그것은 사람의 마음을 움직이는 것이 칼이 아닌 펜에 담긴 생각에 있기 때문이다. 이 말은 마치 중국에서 내려오는 바람과 태양을 만난 나그네 이야기와 같다. 나그네의 옷을 벗기는 내기에서 이긴 것은 바람이 아닌 태양이었다. 강한 바람처럼 강한 것에는 더 강하게 옷을 여미게 된다. 하지만 따뜻하게 하는 태양의 열기로 결국 나그네는 옷을 벗게 되는 것이다.

책쓰기는 놀라운 힘을 가지고 있다. 글은 사람의 인생을 변화시킨다. 삶의 경험과 그 안의 지혜와 깨달음으로 시행착오를 줄여주기 때문이다. 나는 병원에서 근무가 끝나고 오면 도서관에 가는 것을 좋아했다. 책을 읽어서 그날의 마음을 깨끗하게 씻어내지 않으면 그날 하루를 마무리할 수 없었다. 무엇보다도 동기 부여를 받고 싶었다. 성공한 사람들의 이야기로 지금 나의 어려운 현실에서 위로 높이 오르고 싶은 마음이 강했다. 그래서 책을 읽으러 도서관을 향했다. 저자 김도사, 인생라떼의 『김대리는 어떻게 1개월 만에 작가가 됐을까』, 저자 김도사의 『내가 100억 부자가 된 7가지 비밀』, 저자 김태광의 『150억 부자의 부의 추월차선』, 저자 김도사, 권마담의 『부와 행운을 끌어당기는 우주의 법칙』, 저자 권동희의 『나는 100만원으로 크루즈 여행 간다』와 같이 가슴을 뛰게 하는 성공자의 책들이 있다.

또한 소소한 행복과 지혜를 전해주는 책도 있다. 저자 웨인 다이어의 『치우치지 않는 삶』, 저자 지나 서미나라의 『윤회』, 저자 김현곤의 『그림으로 생각하는 인생디자인』, 저자 이노우에 히로유키의 『배움을 돈으로 바꾸는 기술』 등의 책 등이 도서관에 꽂혀 있었다.

책을 읽을 때는 정말 시간이 없으면 위에 쓰인 책의 제목만이라도 읽고 동기 부여를 받았다. 책 제목에 작가가 말하고 싶은 가장 핵심의 한 줄이 담겨 있기 때문이다. 그리고 궁금증과 호기심을 무한정 키웠다. 보통 목차를 쭉 읽거나 인스타그램이나 유튜브에서 추천받은 책을 읽기도 했다. 책을 보며 수많은 작가의 지혜를 배우기에 바빴다. 글을 잃고 힐링하는 것을 좋아했다. 책을 읽고 동기 부여를 강하게 받거나 그날 유용한 문구를 적어서 힘을 얻었다.

저자의 삶을 살다가 저자 김도사, 인생라떼의 『김대리는 어떻게 1개월 만에 작가가 됐을까』를 읽었다. 책쓰기의 동기 부여를 일으킨 책의 일부분을 소개하고자 한다.

"누구나 마음만 먹으면 책을 쓸 수 있다. 서점에 가보면 학생과 주부, 직장인은 물론 다양하고 평범한 사람들이 쓴 책들이 수없이 많다. 그들이 책을 쓸 수 있었던 것은 글솜씨가 뛰어나기보다 단지 당신보다 좀 더 용기를 내었고 실행력이 있었기 때문이다."

이 문구를 읽고 나서 작가의 삶을 꿈꾸기 시작했다. 그리고 적극적인 책쓰기 작업과 마주했다.

지금 당장 쓸 수 있는 것은 내가 경험한 간호사 생활에 대한 이야기였다. 책쓰기는 위대한 힘을 가지고 있다. 간호사인 내 모습을 돌아보게 한다. 간호사의 삶에서 벗어난 나 자신을 성찰하게 해준다. 충전의 시간을 주는 것이다.

오늘 하루를 살면서 느꼈던 감정은 매우 다채롭다. 긍정적인 감정과 생각과 반대로 부정적인 감정과 생각도 있을 것이다. 여기서 책쓰기를 통해서 들여다보는 긍정의 감정 외에도 최악의 부정적인 감정까지 인식하게 되는 것이다. 그 순간이 정말 강해지는 순간이라고 느낀다. 내 자신의 모습을 내가 인식하고 받아줄 때 마음이 안정이 되기 때문이다. 내 자신을 내가 받아주는 시간을 가질 때 세상에서 가장 행복한 사람이 되는 것을 경험하게 된다.

진짜 책쓰기가 운명인 사람을 만났다. 〈한책협〉의 김태광대표이다. 무일푼 가난한 삶의 환경에 좌절하지 않고 150억 자산가가 되기까지의 피와 땀, 눈물의 경험을 고스란히 보여주는 분이다. 작가가 되기 위해서 20여 가지의 아르바이트를 하며 막노동을 하셨다고 한다. 공사 현장에서 대못에 발이 찔려서 일을 못 하고 사흘을 굶는 일도 경험하셨다. 출판사의 500번 이상의 거절 끝에 4년 만에 출판사와의 인연으로 책을 출간하면서 작가의 꿈을 실현하셨다. 강연가, 코치, 성공학 강사, 1인 창업가,

교과서에 글이 수록된 작가, 부동산 부자 등의 자리에 서기까지 불같은 연단 속에서 자신의 무기를 갈고닦으신 것이다.

조용히 책읽기만 좋아하고 일기장에 명언을 끄적이는 것이 전부였다. 하지만 이제는 독자에서 저자로 스위치를 다르게 켠다. 책쓰기의 거인을 만난 이후로 나도 거인의 삶을 향하는 희망을 갖게 되었다.

간호사가 필요한 곳은 참 많다. 작가도 책쓰기로 사람들의 생각과 마음을 터치한다. 간호사와 작가를 합쳐 '간호사 작가'의 새로운 지금의 순간을 온전히 즐기기로 마음먹었다. 병원에서 발에 땀이 나도록 달렸던 시간들이 기억난다. 더도 말고 덜도 말고 딱 1년만 버텨보자 했던 다짐도 기억난다. 간호사여서 간호사만이 느낄 수 있었던 감정과 경험은 내 인생의 소중한 자산이 되었다.

앞으로는 어떤 사람이 될 것인가 나에게 묻는다. 나는 어제보다 성장한 사람, 그래서 성공한 사람이 되고 싶다. 나는 성장 중이다. 영화 〈쿵푸 팬더〉의 명대사가 떠오른다. '어제는 역사이고 내일은 알 수 없다. 오늘은 선물(present)이다. 그래서 현재(present)라고 한다'는 대사이다. 오늘이라는 현재에 내가 사랑하는 일을 충실히 하는 것이다.

오늘 하루 온전히 내가 하고 싶은 책쓰기를 하고 있다. 이 사실은 나를 숨 쉬게 만든다. 지나온 나의 과거의 경험들을 써보기만 해도 느껴볼 수 있다. 그 경험에서 배우고 깨달았던 키워드도 적어보자. 그동안 내가 경험했던 수많은 이야기는 가치화할 수 있는 유일한 경험인 것이다.

나는 간호학과를 졸업하고서 얻었던 경험으로 책쓰기와 사랑에 빠졌다. 내가 겪는 모든 일이 나를 더 단단하게 만들어주고 있었음을 깨닫는다. 나를 가장 잘 아는 사람은 나밖에 없다. 가장 소중한 내 자신의 생각을 정리하는 것은 인생에 꼭 필요한 것이라고 생각한다. 내가 말하는 이야기를 들어주고 글로도 적어보자. 나의 이야기를 경청하며 존중하는 것의 시작이 곧 책쓰기임을 깨닫게 된다.

가장 큰 고통 속에 피어난 꽃이 가장 아름답다. 무시무시한 가난과 불가능의 환경 속에서 25년간 1,100명의 작가를 배출하는 책쓰기의 전문가인 김태광 대표님의 삶은 희망을 준다.

살아오면서 얼마나 나는 나에 대해서 진실했을까? 나의 노력을 과소평가하고 내가 얼마나 소중한 사람인지 잊고 산 적이 더 많다. 신성한 삶의 의미를 발견하는 지름길은 바로 책쓰기에 있다. 내가 쌓아온 경험과 내가 했던 노력을 가볍게 여기지 말자. 삶의 변화를 이루는 책쓰기의 힘을 마주하는 순간 알게 될 것이다. 책쓰기를 시작한 병아리, 간호사 작가는 오늘도 외쳐본다. "나는 책쓰기와 사랑에 빠졌다. 책쓰기는 내 운명이다!"라고 말이다.

04

희망 메신저로 살기

　　KBS 〈무엇이든 물어보살〉에서 CRPS(복합부위통증증후군)를 앓고 계신 환자분의 이야기를 본 적이 있다. 자전거를 타던 중 자전거의 핸들이 부러지면서 왼팔에 외상이 발생했다고 한다. 단순한 근육통으로 인식했는데 큰 병원을 가보니 복합부위통증증후군을 진단받았다. 충격으로 말초신경이 손상되고 복귀되는 과정에서 뇌가 그 치유 과정을 인식하지 못해서 발병한다고 한다. 지금으로는 완치할 수 있는 방법이 없다고 한다. 왼팔의 통증이 너무 극심하다 보니 환자분은 심지어 왼쪽 팔을 절단하는 수술을 받고 싶다고까지 했다고 한다. 겉모습은 멀쩡하지만 살이 칼로 베이듯이, 불에 타는 듯한 통증을 겪는 분의 이야기이다.

환자에게는 '희망'이라는 단어가 절대적이다. 삶에 대한 희망, 나을 것이라는 희망 말이다. 죽음과 고통 가운데에서도 우리는 희망을 찾아서 수많은 시도를 동원한다. 병원에서 받는 수술, 약물 치료, 심리 치료, 한방 치료, 기 치료, 자연 치료 등 무수히 많은 치료법을 시도한다. 마음의 괴로움을 해결하기 위해서는 종교 생활에 헌신하기도 한다. 기도 생활을 위해서 속세를 탈출하기도 한다.

치유와 생명을 얻고자 절실한 환자들은 '희망'의 소중함을 안다. 하지만 그 희망마저도 잃게 되면 살아갈 한 줄기의 빛까지 잃게 되는 것이다. 눈이 보이지 않고 들을 수 없고 말할 수 없었던 삼중고의 고통을 이겨낸 헬렌 켈러는 말했다.

"세상은 고통으로 가득하지만, 그것을 극복하는 사람들로도 가득하다."

그녀는 희망을 포기하지 않았다. 그녀에게 희망은 숨 쉬는 공기이자 마시는 물과 같이 없어서는 안 될 정신 가치였다.

나는 어린 시절 교회를 열심히 다니는 아이였다. 교회를 가면 힘든 일상과 공부 스트레스에 대한 힐링을 받으러 갔다. 기독교의 세계관과 가치관을 비판 없이 그대로 수용했다. 그래서 남에게 피해 주지 말고 내가 원하는 욕구나 욕심을 참고 버려야 하는 것으로 치부했다. 교회에 가면 친절한 사람이 많기 때문에 한편으로는 편했다. 무한 경쟁 시대와 처절히 비교하는 삶 속에서 절망한 마음을 위로받았다. 종교에서 희망을 찾았던 시간이었다.

하지만 세상에서 살면서 '나'라는 사람의 진실한 모습을 마주하게 되었다. 학교, 교회, 평범한 취업 준비, 직장인의 삶은 평범하다. 틀에 맞춘 삶이기 때문이다. 그리고 그 틀에 맞추는 것이 전부라고 믿게 만드는 것이다. 그래야 한 개인을 보호하고 사회의 질서를 유지한다는 명목이 충족되기 때문이다.

아픈 환자에게도, 평범한 일상을 사는 사람에게도 희망은 필요하다. 희망은 과거의 내가 버리고 싶은 모습을 비우고 내가 원하는 모습으로 변화되도록 만들어주는 것이다. 희망은 정확히 무엇일까? 희망은 어떤 일이 이루어지기를 바라는 것이며 앞으로 잘될 수 있는 가능성이라는 뜻이다. 희망의 시작은 '나는 할 수 있다. 나는 가능하다. 나는 가치 있다. 나는 사랑받고 있다.'라는 확신을 토대로 한다.

나는 오늘 출근하는 길 버스를 기다리면서 마산에서 오신 모르는 할머니를 만났다. 할머니는 내게 갑자기 동냥을 하셨다. 돈을 꾸러 마산에서 대전으로 올라왔는데 아는 사람을 만나기 전까지 돈이 없다는 것이었다. 나는 이 상황에서 많이 당황했다. 소위 호구라고 해서 착한 사람을 상대로 수중에 돈을 뺏기는 신종 사기법인가 의심이 되었다. 그 순간 가방을 뒤져보니 그날 이상하게도 가방에 가득 찼었던 간식도 하나도 없었다. 먹을 것이라도 드리고 싶었지만 지갑도 놓고 온 상황이었다. 그래서 지갑이 없다고 말을 했다. 그리고는 할머니는 미안하다는 말과 울적한 표정을 짓고 홀연히 사라졌다. 나는 마음이 좋지 않았다.

이 순간 할머니의 희망은 무엇이었을까? 돈이었다. 정말 돈이 없으면 굶게 되고 아무것도 할 수 없는 상황인 것이다. 그래서 '돈'이 희망인 사람에게 돈을 주는 것이 그 희망을 충족시킬 방법인 것이다.

하지만 돈을 준다고 해서 할머니의 삶이 나아질까라는 생각이 들었다. 순간 5,000원을 쥐어주면 당장 따뜻한 김밥 한 줄은 먹을 수 있을 것이다. 사람을 돕는 일은 또한 중요한 일이다. 하지만 이 경험을 계기로 나는 '희망'을 주는 사람에 대한 정의를 다시 생각해보았다.

내가 생각하는 희망은, 사람이 영혼을 가진 존재이며 신성이 깃든 능력을 가졌음을 믿는 믿음에서 시작한다고 생각한다. 그래서 내 안의 창조력과 무한한 지혜를 갈고닦으면서 나의 어려운 삶을 더 나은, 빛나는 삶으로 바꿀 수 있다고 믿는다. 나는 이 희망을 전달하는 메신저로 살고 싶다.

오늘 내가 싫어하는 사람을 떠올리고 그 사람으로 인해 분노했다고 치자. 그 분노한 감정에 대해서 내가 충분히 느끼고 화난 감정을 동일시하면서 끌어안게 된다. 그렇다면 내가 그 감정을 그대로 끌어당겼기에 그 사람과 자주 마주치게 만드는 것이다.

특히 간호사를 준비하는 예비 간호사들에게도 마찬가지이다. 나는 내가 생각하는 나로 만들어지게 되어 있다. 척박한 간호사의 현실로 인해서 쉽게 좌절하게 된다. 기사에서 들려오는 의료계의 소식은 부정적인 소식이 더 많다.

게다가 코로나 바이러스의 시대를 맞이했다. 몇 개월 전에는 의사의 의료 파업으로 인해서 간호사는 의사의 업무와 환자의 민원을 해결하는 상황에 놓이기도 했다. 거센 현실의 환경 속에서 예비 간호사와 간호사에게 필요한 것은 '희망'이라고 말하고 싶다.

더 나아질 것이라는 희망이 없다면 사실 오늘을 버티기 힘들다. 희망을 잃지 않는 우리가 되기 위해서 오늘의 삶에서 내가 느끼는 감정을 안아주자. 그리고 내가 선택한 나의 직업에서 내 가슴의 소리를 한번 들어보자. 사람을 간호하는 일에 헌신하는 간호사의 일이 나에게 주는 의미를 적어보자. 단순히 돈을 버는 직업을 넘어서 인생에 주는 의미가 분명히 있기 마련이다. 생존을 넘어선 삶의 철학과 가치를 발견하는 시간을 갖는 것이 우리에게 정말 중요하다.

'희망'은 단순한 위로의 말일 수 있다. '오늘도 거뜬히 해낸 당신에게 주는 위로의 말 한마디' 인스타에 '위로'를 찾아보면 무수히 많은 희망을 담긴 메시지가 쏟아진다.

우리는 그 글을 읽으면서 가슴에 가장 와닿는 희망 메세지가 무엇인지 찾아보자. 우리는 같은 마음일 것이다. 지금으로도 충분히 잘 하고 있다고 듣고 싶다. 그리고 내 안의 삶의 의미를 찾고 소중한 나 자신을 사랑하는 일을 하기 위해서 지금 여기에 있다고 말이다.

당신에게 오늘의 '희망'을 전한다. 가장 약할 때 가장 강한 당신을 만나게 된다고 말하고 싶다. 시련의 과정은 우리에게 배움과 지혜를 주기 때문이다. 가장 약한 순간 생애의 간절함을 꽃 피워보자.

어제보다 더 나은 오늘을 살아내자. 현재에 충실한 것, 거기에 희망이 있다. 그리고 옆을 돌아봤을 때 함께 인생의 마라톤을 경주하는 동료에게 따뜻한 미소를 보내보자. 결국 희망을 만난 당신은 누군가의 희망이 된다.

05

좋아하는 일을 하는 내가 좋다

좋아하는 일은 우리 삶의 원동력이다. 아주 작은 일이더라도 좋아하는 일을 하는 것이 중요하다. 좋아하는 것에 나는 자동으로 기분이 좋아진다. 좋아하는 일을 하는 것은 중요하다. 나의 가슴을 뛰게 만드는 일이기 때문이다. 좋아하는 일과 인생의 선택은 밀접하게 관련이 있다.

인생의 중요한 선택에 3가지가 있다. 첫째는 직업의 선택, 둘째는 배우자의 선택, 셋째는 어떤 사람이 되느냐의 나의 선택이다. 이때 좋아하는 것을 선택할지, 의무감에 의해서 선택해야 할지 선택의 기로에 놓이게 된다.

나는 직업에서 좋아하는 일은 자유롭게 선택하는 사람이 되기로 했다. 우리는 보통 '공무원이 되어야 해.', '큰 대학병원의 간호사가 되어야 해.' 라며 많은 사람들이 가는 길을 쉽게 선택한다. 많은 사람들이 좋다고 생각하는 직업이 나에게도 좋을 것이라고 생각하기 쉽다. 하지만 그것은 나의 개성과 좋아하는 일을 생각하지 않을 경우가 많다.

우리는 보통 어릴 적 위인전을 읽는다. 그리고 그 위인의 삶처럼 높은 목표를 갖도록 교육받는다. 각자의 개성과 인생의 목표는 개인이 정하는 것인데 말이다. 가수 이효리가 한 예능 프로그램에서 초등학생 아이에게 했던 말이 화제이다. 초등학생 아이에게 방송인 이경규가 말했다. "훌륭한 사람이 되어야 해." 이에 대해서 가수 이효리는 다음과 같이 말했다. "아무것도 필요 없어. 너는 그냥 너가 되면 돼."

맞다. 나 자신 그 자체가 되면 그만인 것을 우리는 왜 그리도 멋진 누군가가 되라고 닦달을 했는지 모르겠다. 그래서 나는 나 자신이 되기로 했다. 내 가슴의 소리를 듣는 삶이 가장 나다운 삶이기 때문이다. 지나온 나의 과거를 부정하거나 버리고 싶지 않다. 다만 조개가 불순물을 갖고 진주알을 만드는 것처럼 내 삶의 불순물을 녹여 보물로 만드는 작업을 하고 있다. 그래서 간호사 직업을 선택했다.

좋아하는 일을 하는 나는 좋아하는 일을 하고 있는 사람들을 끌어 모은다. 나의 모습을 거울처럼 보여주는 것이다. 서로의 모습을 거울처럼 보면서 내 안의 담긴 감정을 확인하는 일이다. 동일시할 수도 있고 나의 감정과 생각을 투사하여 상대가 내 모습을 보게 할 수도 있다. 중요한 것은 내가 좋아하는 일을 할수록 열정을 느끼며 창조하는 삶이 가능해지는 것이다.

이제는 그 누군가를 좋아하기보다 나는 나를 좋아한다. 좋아하는 일을 하는 내가 좋다. 좋아하는 일을 하는 나를 사랑한다. 날선 비난과 판단을 많이 들었다. 시간이 지나고는 그 비난의 화살을 내 스스로가 나에게도 겨누고 있는 것을 발견한다. 내가 나를 가장 아프게 만드는 사람이 되기도 한다. 부디 나 자신을 막는 사람이 내가 아니길 바란다.

과거의 그 누군가에게 들었던 말, 비난과 평가의 대상이 되어 누군가에게 들었던 말로 나를 정의내리는 것에 동의한 것이다. 이제는 그럴 필요가 없다. 내 안의 나라는 거인을 발견하고, 내 안에 숨겨진 작은 내면 아이를 발견하는 시간을 가져보자. 다양한 모습이 다 나이다. 그래서 나를 발견하는 일을 하는 내가 좋다.

평소에 업무적인 일 말고 내가 좋아하는 일은 산책이다. 사주에 '화' 기운이 많아서 '토' 기운으로 보완해야 한다고 들었다. 시험 기간에는 숨이 막힌 듯 답답함을 느낄 때가 있었다. 그러면 꼭 산책을 1시간 이상 하면서 마음을 차분하게 가라앉혔다. 내가 좋아하는 일은 보면 자연스럽게 끌리는 이유가 다 존재한다. 마음속에 넘실대는 감정을 차분한 흙길로 다듬어보는 것이다.

좋아하는 일은 쉽게 또 바뀐다고 한다. 인생을 살면서 호불호가 생긴다. 첫 마음, 초심을 잃어버리는 경우도 있다. 하지만 '책쓰기'라는 나를 드러내는 삶, 작가의 삶은 언제나 나에게는 OK가 나온다. 내 안에 담긴 이야기와 나를 행복하게 해준 책 읽기로 내면을 채웠기 때문이다. 이제는 풍성하게 내면을 가꾸었다면 그 아름다운 감정과 경험을 책에 담는 것이 좋다. 책쓰기는 나 자신을 발견하게 해주는 소중한 도구인 것이다.

저자 하브 에커의 『백만장자 시크릿』에서는 다음과 같이 선언하라고 한다. "나의 내면세계가 외부의 세상을 만든다.", "크게 생각하자! 수천, 수만명에게 기여하는 사람이 되겠다!", "장애물보다 기회에 집중하겠다."

좋아하는 일을 하면서 백만장자가 되는 삶을 많은 사람들은 엄두를 내지 못한다. 수익을 내는 삶은 모두가 기대하는 멋진 삶이다. 하지만 백만장자의 삶을 바로 끌어당기는 것은 도둑놈 심보인 것이다. 성공자의 삶을 조금이라도 관찰해보았다면 성공자인 거의 모든 사람들은 각고의 노력을 다한 사람들이다.

백만장자의 꿈을 꾸기에 앞서서 우선 돈을 버는 이유가 무엇인지 생각해보고자 한다. 돈을 벌어서 나만 잘살고자 하는 삶은 그 의미가 한정적이다. 내 삶이 전부 '나'로만 가득 찬 삶을 살고 싶지 않다. 많은 사람들과 함께 생각과 부를 누리는 삶을 살기 위해서 부를 축적한다고 생각한다. 그런 삶을 사는 작가가 좋은 작가의 삶이라고 생각한다. 좋아하는 일을 하기 시작하니 간호사의 경험이 나에게 너무 귀하다. 병원에서 환자, 간호 술기, 다양한 병원의 시스템을 경험했다. 간호사의 삶을 배울 수 있는 시간이었다. 무엇보다도 내 자신이 좋아하는 것을 찾아서 떠날 수 있는 디딤돌의 역할을 해주었기 때문이다.

좋아하는 일을 하는 사람의 모습은 참 아름답다. 행복하기 때문이다. 내 마음의 소원이 충족되었을 때 오는 행복한 감정은 최고의 명약이다. 내가 행복할 때 힘이 생긴다. 여유가 생긴다. 내가 행복하면 남도 행복하게 해줄 수 있는 사람이 된다. 그때의 행복은 두세 배로 확장된다.

나는 언제 행복했을까를 떠올려본다. 행복은 아주 사소하고 작은 것에서 온다. 어릴 적 쌍둥이 언니와 나는 할머니, 할아버지께서 키워주셨다.

어렸을 때 할머니의 팔베개는 만석이었다. 한쪽에 내가 할머니의 팔에 누우면 다른 한쪽 팔은 언니에게 내어주셨다. 가장 행복한 시간은 할머니의 따뜻한 품속에서 잠드는 순간이었다. 사랑을 받는 순간이 사실 가장 행복하다. 이제는 내가 받았던 사랑을 간직하고 좋아하는 일을 하면서 그 사랑을 나누는 사람으로 살고 싶다.

좋아하는 일을 하는 내가 좋다. 이제는 반짝이는 스타보다 훌륭한 위인보다 먼저 나의 이야기를 들어보아야겠다. 앞으로 좋아하는 일을 하면서 나의 꿈을 펼치는 사람이 되기로 결심해본다. 사람은 꿈이 있을 때 가장 젊고 아름답다. 나의 젊음의 시간을 후회 없이 좋아하는 일로 채워보자. 그때 아름다운 삶을 누리는 것이 시작된다.

내 자신을 응원하는 순간 가장 나의 삶을 긍정할 수 있다. 좋아하는 일을 하고 싶은가. 좋아하는 일에 대해서 진심으로 반응해보자. 그리고 선택해보자. 좋아하는 일을 하기로 말이다!

✚ 06

괜찮은 사명감 하나 가져볼까?

사명(calling)은 한 사람의 인생에게 맡겨진 임무이다. 종교가 있든 없든 누구나 인생에서 느껴지는 부름이 있다. 어떤 일을 사랑하는지 어떤 일에 헌신하고 싶은지 말이다. 아주 작고 사소한 일마저도 사명이 될 수 있다. 나만의 부와 명예를 추구하기 위해서, 나의 이익만을 위해서 돈을 벌기로 선택한다면 그 수단과 방법은 사람들에게 해를 가하기도 한다. 나는 사명이란 나도 잘되고 남도 잘되기 위해 신에게 받은 임무라고 생각한다. 신이 나의 삶에 주신 최고의 길이라고 생각한다.

간호사로 일하면서 간호사의 사명감에 대한 선언문이 있다. 바로 '나이팅게일 선서문'이다. 간호사들은 졸업하기 전 나이팅게일의 선서식을 하게 된다. 그때 학생 간호사들이 모두 함께 읽는 선언문이다.

〈나이팅게일 선서문〉

나는 일생을 의롭게 살며, 전문 간호직에 최선을 다할 것을 여러분 앞에 선서합니다.

나는 인간의 생명에 해로운 일은 어떤 상황에서도 하지 않겠습니다.

나는 간호의 수준을 높이기 위해 전력을 다하겠으며,

간호하면서 알게 된 개인이나 가족의 사정을 비밀로 하겠습니다.

나는 성심으로 보건 의료인과 협조하겠으며,

나의 간호를 받는 사람의 안녕을 위하여 헌신하겠습니다.

누구나 알고 있는 이 선언문을 진심으로 받아들이고 실천하는 것이 중요하다고 생각한다. 나이팅게일의 선서문 구절 중에서 '나는 인간의 생명에 해로운 일은 어떤 상황에서도 하지 않겠습니다.'라는 구절이 가장 인상 깊다.

실제 병원에서는 나이팅게일의 선서문을 100%를 다 실천하지 못하는 상황도 발생한다. 가치관의 선택에 혼란이 생기기 때문이다. 예를 들면 환자가 암에 걸린 상황이 있다. 그 상황에서 당사자인 환자가 느낄 충격과 공포를 방지하고자 가족들은 환자에게 비밀로 하기를 의료인에게 요구하기도 한다. 하지만 의료인은 환자의 알 권리를 존중해야 할 의무도 있다. 이러한 윤리적 딜레마의 상황에서 어떻게 판단하는 것이 최선인지 고민할 필요가 있다. 정답은 없다. 하지만 간호사라면 환자, 보호자에게 제공하는 최선의 배려가 무엇인지 끊임없이 생각해보아야 할 것이다.

사명감은 간호사에게도 중요하다. 하지만 사명감이라는 말은 어렵고 무겁게 들린다. 우리는 책임이라는 울타리 망을 벗어나 자유롭고 싶은 욕구가 있기 때문이다. 하지만 자유는 책임을 전제로 가능하다는 것이 사실이다. 누군가가 쓰레기를 주웠기에 나는 깨끗한 도로를 자유롭게 거닐 수 있는 것처럼 말이다.

그래서 거창한 사명감 말고 '작은' 사명감 하나쯤은 가슴에 품고 살고자 한다. 사실 위인들 같은 성인들과 같은 위대한 사명은 나에게 없다고 생각했다. 그저 살기 위해서 일하고 공부하고 먹고 자는 단순한 소시민에 불과하다는 생각이었다. 하지만 위대한 일을 이룬 사람들을 보면 작은 소망에서 시작되었다는 것을 알았다.

많은 위인들이 이루어놓은 업적을 보고 그대로 모방하는 것도 하나의 창조 과정이다. 하지만 나의 내면에서 올라오는 진실된 마음의 소리를 들어보자. 거기에 나의 '작은' 사명의 길이 있다.

삶이 우리에게 주는 것은 온전한 나로서 살아가는 시간이다. 이 삶에서 다양한 경험과 감정을 느끼라는 나의 영혼의 선택인 것이다. 삶 자체가 곧 사명이 될 수 있다. 삶은 누군가에게 기회이다. 삶은 누군가에게 선물이다. 삶은 누군가에게 체험의 공간이다.

"삶은 나에게 _____이다." 독자 여러분도 한번 이 구절을 채워보길 바란다. 이 문구를 채울 때 내가 오늘 살아간 이 하루에서 내가 품었던 영혼의 꿈과 목표를 다시 찾게 해주는 가장 중요한 키워드임을 발견할 것이다.

사명은 무겁지 않다. 자발적인 행동을 주는 것이다. 나는 최근에 부산의 유명한 수제 쿠키집을 지인의 소개로 알게 되었다. 이 쿠키집은 너무 유명해서 카페에서 댓글을 단 순서대로 일주일에 딱 70명에게만 쿠키를 판매하고 있다. 마치 이 쿠키집의 사장님의 열정을 보면서 '사명'이라는 단어가 떠올랐다.

쿠키집 사장님은 자신의 쿠키를 좋아해주는 사람들에게 최상의 쿠키를 제공하기 위해 오늘 아침도 일찍 눈을 떴을 것이다. 재료의 신선도를 파악하고 직접 손질하면서 주문을 확인한다. 나의 쿠키를 좋아해주는 사람들의 입을 만족시키기 위해 오늘도 땀을 흘릴 것이다. 마치 사명은 이러한 것과 같다고 생각한다. 나를 찾는 누군가를 위해 자발적인 노력을 하게 만든다. 내가 만든 쿠키로 많은 사람들이 쿠키가 주는 기쁨을 누리길 바라는 마음도 담을 것이다.

간호사를 준비하는 간호학생들과 현재 간호사의 자리를 지키는 선생님들까지… 우리는 모두 이처럼 사소한 곳에서 '작은' 사명의 스토리를 발견할 수 있다. 환자를 간호하는 일은 한 가지가 아닌 수십, 수백 가지 경우의 수를 다 체크해야 한다.

나의 작은 사명감은 이것이었다. 나를 만나는 사람에게 해를 가하는 행위를 하지 않는 것이다. 간호 처치를 할 때에도 이 부분은 늘 나의 기준이었다. 만약 환자에게 정맥주사를 놓고 수액을 연결해야 하는 상황에 있다고 가정하자. 최선은 아프지 않게 정확하게 주사 부위에 바늘을 삽입하여 처치를 완료하는 것이다. 하지만 환자의 상태에 따라서, 나의 손기술에 따라서 침습적인 처치가 한 번에 끝날 것이 두세 번이 될 수도 있다. 그래서 환자가 최대한 아프지 않도록 하기 위해서 나의 주사 놓는 스킬을 수없이 연습해야 했다. 최소한의 해를 가하는 것이다.

남에게 해를 가하지 않도록 하는 작은 사명감은 나의 간호사 생활을 꼼꼼히 하도록 하게 해주는 기준점이었다. 이제는 그 마음 위에, 외로운 간호사의 마음에 꿈과 희망을 심을 수 있는 작은 사명감을 갖기로 하였다.

나 자신 한 명도 바꾸기 힘든데 어떻게 다른 사람을 바꾸느냐고 물으실 수도 있겠다. 하지만 나는 당신과 나와 다르지 않다고 느낀다. 내가 가진 작은 사명감을 나눌 때 비슷한 뜻을 가진 사람들의 마음도 함께 공명하게 된다. 간호사는 사람을 살리는 직업인이다. 의료인이다. 의료 행위를 하는 사람에게 가장 필요한 것이 사명감이 아닐까 한다. 하지만 현실은 내 삶 하나 먹고살기 위해, 내가 잘되기 위한 목표로 사는 사람이 많다. 그 사람을 부정하지 않는다. 조금 더 많은 사람들과 좋은 가치를 나눌 수 있는 기회와 사명감에 대해 편하게 대화를 나누는 대화의 장이 마련되기를 바란다. 이 책에서 그 이야기를 나누면서 내 마음 안의 작은 사명감을 발견하는 시간이 되기를 바란다.

간호사를 꿈꾸는 당신, 간호사인 당신, 간호사가 가족이자 친구인 당신에게 간호란 어떤 의미인지 이야기 나누어보고 싶다. 당신의 삶에서 간호사를 이야기할 때 느껴지는 작은 사명감이 꿈틀거린다면 분명 삶을 이끄는 강력한 신의 초대이자 삶의 해답을 얻게 되지 않을까 한다.

+ 07

나는 여전히 꿈꾸는 간호사다

간호사가 할 수 있는 직업은 다양하다. 대학병원에서 임상 간호사가 되는 것 이외에도 간호사는 많은 분야에서 활동하는 직업이다. 간호사는 현재 다양한 분야에서 활동하고 있다. 대학병원 간호사 이외에도 굉장히 많다. 간호직 공무원, 소방직 공무원, 보건 교사, 산업체 간호사, 일반의원 간호사, 연구 간호사 등의 다양하다. 그리고 제약 회사, 의료기기 회사나 헬스케어 리서치 회사, 손해사정 회사 등에서도 간호사를 채용하고 있다.

요즘은 간호사도 사업체를 운영하여 간호사를 위한 물품이나 프로젝트, 도서를 제작하는 회사를 창업하기도 하며 코로나 파견 간호사 등으로 활발하게 활동하고 있다.

지금의 우리 세대는 부모님의 세대와는 다르다. 청년기에 교육을 받은 후에 중장년기에 노동을 해서 돈을 축적한다. 은퇴한 이후에 모은 돈을 쓰고 손주들에게 용돈을 주며 사는 삶의 이야기가 이제는 전부가 아니다. 죽기 전까지 평생 교육을 받고 교육을 하는 사람이 되어야 한다. 누구나 매일 꾸준히 생산할 수 있는 삶으로 바뀌었다. 일이 일상이 되고 일상이 일이 되는 삶을 통해서 우리는 가치 있는 노동과 삶의 의미를 찾게 된다. 은퇴 후에 오는 우울함이라는 단어를 느끼기엔 우리는 할 수 있는 일이 너무 많다.

60년대 베이비붐 시대인 부모님 세대는 대학만 가도 취업이 되고 대학을 나오면 성공하는 그런 세대였다. 그래서 대학에 그렇게 목숨을 걸고 자식들에게 똑같이 적용했다.

하지만 나의 현실은 영어영문학과를 나오고 간호학과를 나왔어도, 취업의 문턱을 넘어도 행복하지 않았다. 나의 삶을 진짜 찾는 법을 주도적으로 해본 적이 없기 때문이다. 나의 가치를 내 스스로 정하는 창조력을 펼치면서 살아야 한다.

아름다운 창조력을 펼치는 영화로 나는 〈모아나〉라는 영화를 아주 재미있게 보았다. 모아나 이야기가 바로 한계로 가득찬 우리의 삶에서 도전하라는 메시지를 전해준다. 섬나라에서 폐쇄적인 환경을 벗어나 인생의 주인공이자 항해자는 바로 나 자신이라고 말한다.

모아나는 섬의 부족 추장의 딸이다. 추장의 대를 이어야 하는 의무가 있었다. 하지만 바다는 모아나를 선택했다. 모아나는 섬 너머에 있는 테피티에게 가야 했다. 테피티의 빼앗긴 심장을 원래대로 돌려놓아야 하는 부르심을 받은 것이다. 모아나는 아버지의 반대에도 불구하고 먼 바다로 항해를 떠난다. 그때 심장을 빼앗았던 마우이를 만난다. 마우이와 함께 심장을 원래 자리로 돌려놓는다.

그때 모아나는 발견한다. 먼 조상들에게 내려온 항해자, 모험가라는 자신의 정체성을 발견하게 된다. 생명의 에너지를 품은 테피티의 심장을 돌려놓은 후에 황폐해졌던 모아나의 섬나라는 회복된다. 그리고 모아나는 조상들에게 물려받는 부족의 고유한 정체성을 모든 부족민에게 그 가치를 전달한다.

나도 모아나처럼 나만의 길, 나만의 꿈을 이루면서 많은 사람들과 함께 이롭게 되는 삶을 꿈꾼다. 그 꿈으로는 꿈·희망을 전달하는 사람이 되는 것이다. 나의 꿈은 간호사를 꿈꾸는 사람에게 꿈과 희망이 되어주는 것이다.

나는 사람들 앞에 서는 것을 두려워했다. 내 이야기를 하는 것을 누구보다 못했던 사람이다. 성격은 우유부단하고 느리고 겁이 많다. 그럼에도 불구하고 내 안의 이야기를 꺼내면서 내 안의 나를 대면하는 용기를 가지게 되었다. 나를 사랑하는 일이 세상에서 가장 어려운 일이기도 하다. 나 자신을 진정으로 사랑하고 나의 가치를 발견하는 것이 바로 나와 당신이 남은 인생에서 할 일이 아닐까 싶다.

부정적인 감정과 생각, 판단을 하는 것을 멈추자. 부족한 점과 나의 못난 점에 집중하지 말자. 이제는 '그러면 부족한 점을 보완하기 위해서 무엇을 해볼까? 나는 뭘 잘하지? 아, 나는 일단 친절하고 성실하려고 노력하는구나! 그 점을 끝까지 밀고 나가보자!' 하면서 나 자신을 응원한다.

간호학생들, 간호사의 길을 묵묵히 걷는 의료인의 성장을 위해 헌신하는 사람이 될 수 있다면 더 없는 행복과 기쁨일 것이다. 의료인은 사람의 생명을 다루는 사람이다. 의료인에게는 높은 도덕성과 책임감이 요구된다. 생명과 직결된 상황에서 환자와 자신을 지키는 지혜도 필요하다. 의료인으로서 책임을 다하는 것, 꾸준한 최신 지견의 업데이트를 통해서 나의 영역의 전문성을 키우는 것도 중요하다.

나의 길을 열심히 가다 보면 이미 먼 길을 와버렸다는 사실을 발견할 때가 있다. 경력을 쌓으면서 돈을 벌다 보니 내 인생이 이렇게 지나가버렸다는 생각이 든다. 열심히 살면서 우리는 우리의 삶의 목표를 이루어 간다.

그 과정에서 '나'의 목소리를 관심 있게 들어준 적이 있었는지 생각해 보자. 사실 가장 중요한 사람은 '나'이기 때문이다. 내가 있기에 세상이 있고 내가 있기에 내 앞에 펼쳐진 삶이 존재한다. 목표를 이루는 열정에 우리는 잠식되고 말아서 일이 내가 되고 내가 일이 된다. 특히 의료인의 삶은 더욱 그렇지 않을까 싶다.

조금은 쉬어가보자고 말하고 싶다. 간호학과에 졸업을 하고도 병원에 취업하지 않고 공무원을 준비하거나 간호사 관련 사업에 자신의 재능을 펼치는 사람도 있다. 간호사로 할 수 있는 일은 정말 많다. 모두 건강과 관련된 일, 사람을 이롭게 하는 일과 관련이 있다. 그렇기에 간호사가 되는 일은 세상에 선한 영향력을 주는 일이 참으로 많은 것이다.

오늘도 이 책을 읽은 당신의 하루는 어땠는지 물어본다. 열심히 전공 공부를 했을지도 모른다. 혹은 휴학을 해서 또 다른 진로를 꿈꾸고 있는 지도 모르겠다. 간호사라는 직업에 대해 회의를 느끼는 독자분도 있겠다. 간호사를 선택한 당신에게 꼭 전하고 싶은 말이 있다. '간호사라서 고맙다'는 말이다.

　간호학생의 하루는 어땠을까? 오늘도 빼곡한 간호학과 수업을 들으며 책상 앞에 앉는다. 펜을 잡은 손은 바쁘게 움직인다. 병원 실습을 준비하면서 공부도, 인간관계도, 스펙도, 취업도 전부 다 중요하다. 간호사로 펼쳐질 미래의 내 모습을 그리며 잠을 청한다.

　간호학생을 지나 면허증을 딴 간호사의 하루는 어떨까? 오늘도 묵묵히 환자에게 줄 수액을 준비한다. 처방받은 약물이 정확한지 파악한다. 환자의 가쁜 호흡과 불안한 심장소리에 다시 귀를 귀울인다. 수술하고 통증으로 괴로워하는 환자에게 진통제를 투여한다. 그 외에도 간호사의 하루는 빼곡한 일들로 바쁠 것이다.

　간호사로 살아간다는 것은 그렇게 나 자신을 지우고 환자를 위해 발 벗고 나서는 사람이 되는 것이다. 자신의 자리를 지키는 사람의 뒷모습은 어느 누구보다 아름답다. 우리가 흘리는 눈물도, 그동안 흘렸던 땀방울도 결코 헛되지 않으리라 생각한다. 환자에게 전해진 간호사의 손길과 따뜻한 한마디가 환자의 생명을 지속시키는 힘을 가지고 있기 때문이다.

간호사를 준비하는 당신에게 고맙다고 말하고 싶다. 오늘도 병원의 한 귀퉁이에서 자신의 자리를 지켜내고 일하는 당신에게 정말 고맙다는 말을 전하고 싶다. 꿈꾸는 간호사는 언제나 당신 옆에 있다. 간호사의 인생을 사랑을 담아 응원한다.